GAMINE
GUERRIÈRE
SAUVAGE

Du même auteur

Mon cœur restera de glace, Belfond, 2020.
L'Inconnu, Belfond, 2019, roman publié pour la première fois sous le titre *Mademoiselle Chance* (Le Cherche Midi, 2013).
Je ne vous aime pas, Le Cherche Midi, 2010.

Éric Cherrière

GAMINE GUERRIÈRE SAUVAGE

PLON
www.plon.fr

92, avenue de France
75013 Paris
Tél. : 01 44 16 09 00
Fax : 01 44 16 09 01
www.plon.fr
www.lisez.com

Mise en pages : Graphic Hainaut
Dépôt légal : mars 2021
ISBN : 978-2-259-30598-3

Isabelle, Cristal

« La vie, c'est comme la guerre, ma petite Maud, les seuls vainqueurs sont ceux qui survivent. » Grand-père a téléphoné hier soir, il voulait m'emmener quelque part. Maman a demandé où et il a répondu « Quelque part, nulle part, partout… Ce qui compte, c'est pas où on va mais d'y aller ». Maman a jugé bon d'en rester là, elle ne voulait ni se fâcher avec son beau-père ni entendre d'autres grandes phrases. Avant de raccrocher, il a insisté pour que je sois habillée tout en blanc.

J'ai 7 ans. Je glisse ma main morte dans celle de grand-père, noircie par le travail du fer. Nous rejoignons une foule silencieuse qui avance lentement, visages penchés au sol vers les flaques d'eau miroirs où nous piétinons les reflets de nous-mêmes. Grand-père n'a pas ouvert son parapluie. Qu'importent nos cheveux mouillés, nos nuques froides, il veut que l'on nous voie. Les regards qui tombent sur ma robe blanche abritent des sentiments contradictoires que mon jeune âge peine à déchiffrer. Je ressens l'exaspération de certains à mon encontre, l'incompréhension d'autres. Et parfois des ébauches de sourire, mais si pâles et si tristes qu'ils me font peur.

Lors de la mise en terre, les visages deviennent des paysages d'hiver et la pluie ne vient plus uniquement du ciel, elle rigole sur les joues et ce n'est pas drôle du tout. Je n'avais jamais vu autant de gens pleurer en même temps, une douleur se réveille aux extrémités de ma main morte.

— Grand-père ?

— Oui.

— Pourquoi tu ne pleures pas ?

— Celui qu'on enterre n'était pas un ami.

— Vous étiez fâchés ?

— On n'a jamais été d'accord sur rien.

— Pourquoi on est ici alors ?

— Parce que c'était un ennemi. Je veux que sa famille nous voie.

— Et pourquoi c'était ton ennemi ?

— Il était le directeur de l'usine quand j'y travaillais.

— Les directeurs, c'est des ennemis ?

— Oui, ma petite Maud.

— Papa, il dit pas ça.

— Tu sais que j'aime ton père, mais il n'a jamais rien compris à rien.

— Pourquoi tu m'as emmenée avec toi ?

— Pour que tous, là, se disent que moi je suis encore vivant. Lui non… C'est moi qui ai gagné. Tu m'en veux pas trop de t'embarquer là-dedans ?

— Non, grand-père. Et toi, tu m'en veux pas ?

— De quoi ?

— Avec tous ces gens tristes, je peux pas m'empêcher de pleurer moi aussi.

Mon premier enterrement. Après, grand-père m'emmène manger des crêpes au chocolat et j'ai droit aux leçons de vie qu'il n'a pas réussi à faire entrer dans la tête de son fils, mon père. Je ne me souviens pas de tout ce que grand-père a dit ce jour-là. Un conseil, pourtant, s'ancre au fond de moi. Rien ne l'en délogera jamais.

— N'oublie pas, ma petite Maud : il n'y a ni bonnes ni mauvaises armes. Au bout du compte, une seule chose importe. Rendre les coups.

Partie I

Les terres de la Reine-Maud

Les doigts se fraient un passage entre les différents pans anatomiques du ventre de ma mère, sa musculature hors normes. Monstrueuse. Fascinante. Des barrières de chair s'ouvrent, je quitte une mer mystère, j'accoste sur un rivage électrique peuplé de regards inquiets.

De l'instant où le chirurgien a entrepris l'incision de l'utérus de ma mère à celui où mes 3,100 kilos découvraient les bras de mon père, 2977 personnes mouraient sur moins de 1 kilomètre carré et sous les caméras du monde entier. Deux heures d'une césarienne difficile.

Mes yeux pénétrés de grisaille devinent le visage de mon père. Le personnel hospitalier se détourne au profit d'images venues d'ailleurs, envahissant jusqu'à cette salle d'accouchement, cannibalisant regards, écoute, attention. Je n'intéresse personne, ma naissance est un effondrement et ce n'est même pas le mien.

Mes yeux n'ont pas encore accès aux écrans, mais leur lueur vive me gêne. Mon père met sa main devant mon visage pour que je ne voie pas la chaîne d'information en continu, comme s'il voulait m'en protéger. Aujourd'hui, c'est à cela que je pense quand je songe à mon père et je l'aime d'avoir eu ce geste-là dès les premières secondes de mon existence. J'aime aussi imaginer qu'il a exigé qu'on éteigne l'écran pour s'occuper de moi. Oui, je voudrais croire que c'est ce qui s'est passé.

Il n'existe pas d'images de ma venue au monde tandis que pour mon frère elles pullulent, oubliées à l'intérieur des disques durs ou sur les commodes de nos grands-parents, mais au moins elles existent. Le jour de ma naissance, l'appareil photo de mon père est resté au fond de la poche de son jogging flambant neuf sur lequel un logo censé m'accueillir dans un monde merveilleux annonçait Just Do It. Ce 11 septembre 2001, les vidéos des attentats du World Trade Center en ont décidé autrement, interdisant à toute autre image d'exister.

Quinze ans plus tard, à la sortie du lycée, mon père engage son véhicule dans le flux d'une petite ville de province où les automobiles qui roulent donnent l'impression d'être figées. Je connais par cœur le trajet jusqu'à la maison. Avec escale au stade où s'entraîne mon frère. Les yeux fermés, j'identifie chaque rond-point, chaque stop, je reconnais l'ombre qu'imposent les panneaux publicitaires. Je rouvre les yeux aux feux rouges, fixe les hydrocarbures qui sortent des pots d'échappement. Je mémorise les numéros d'immatriculation, imagine retrouver les conducteurs pour les forcer à avaler eux-mêmes leur fichu monoxyde. Je répète intérieurement les numéros des plaques comme si les accuser, même de façon muette, c'était un peu les vaincre, et j'ai un sourire pour ma justice toute personnelle. Ce qui subsiste d'un imaginaire enfantin adoucit mon sentiment d'avoir grandi trop vite. « Déjà une grande », répète mon père, il ignore combien il a raison en m'appelant ainsi. Seulement dans sa bouche, ma grande signifie ma petite et je suis la première à regretter que ce ne soit plus le cas.

Mon père chantonne les paroles d'un vieux tube diffusé à la radio, « We are living in a yellow submarine, yellow submarine... », et c'est le moment du trajet que je préfère. Je mêle ma voix à la sienne, ma prononciation parfaite en anglais dissimule l'accent désastreux de mon père qui n'a pas dépassé la cinquième. À l'école, je suis un planeur, libre et silencieux, qui va haut, très haut, là où mon père était un sous-marin sans carburant qui allait bas, très bas, ne cessant de sombrer de CAP en CAP, peinant à changer de cap. Échouant.

Nous traversons la place de la Fabrique où arbres, balcons, réverbères ploient encore sous le poids des pendus. Leurs ombres fantômes ternissent les pierres tant les lieux ont le pouvoir de conserver la mémoire des morts violentes. Restauration rapide, prêt-à-porter, banques. Sur ces mêmes façades les enseignes des grandes marques ont pris la place que tenaient les croix gammées il y a soixante-quinze ans. Grand-père m'a très tôt – trop tôt au goût de mes parents – raconté par le détail l'histoire des quatre-vingt-dix-neuf pendus de Tulle, le 9 juin 1944. Je me représentais les prisonniers pénétrant sur cette place où ils avaient joué enfants, découvrant les arbres et réverbères transformés en potences. À travers les yeux des condamnés, je voyais les échelles menant aux nœuds coulants. J'imaginais leur stupeur face à la vie qui allait s'arrêter, leur frayeur. Et j'essayais de la ressentir comme si c'était moi qui devais mourir.

— Les bourreaux étaient tous volontaires ! fulminait grand-père, le visage aussi écarlate que la carte du parti politique dans lequel il avait échoué à faire entrer son fils. Tous volontaires ! Ceux qui donnaient les ordres, ils regardaient ça en buvant des grands vins, assis au café Tivoli. Tu l'as pas connu, le café Tivoli. Il y était, tu sais, mon père, ton pépé Adrien il a assisté à tout ça ! Lui aussi devait être pendu. Il faisait partie des prisonniers.

— Et pourquoi ils l'ont pas tué ?

— ... Tu sais que ma mère, ta mémé, pendant la guerre, elle cachait les messages de la Résistance dans son pneu de vélo ? Elle avait pas 16 ans !

Grand-père évitait soigneusement de parler des raisons pour lesquelles son père avait échappé à la pendaison, préférant changer de sujet, raconter les faits d'armes de sa mère. C'était elle la véritable héroïne de la famille, et sans que rien soit dit, je découvrais que le courage n'avait pas de sexe.

— Hé, Mo, tu viens voir ton frère ?

Papa a garé notre véhicule sur le parking du stade, là même où gamin, en comparant les carrosseries alignées les unes à côté des autres, il avait compris la position de ses parents dans l'échelle sociale. Charge à lui de confirmer ou d'infirmer ce classement sur la piste de course. C'était là une compétition supplémentaire dont aucun enfant ne parlait mais tous en avaient conscience, surtout ceux qui descendaient d'une carrosserie désolante. Dans le silence précédant le top départ, ils y pensaient comme à une seconde ligne d'arrivée à franchir. Une motivation pour certains, une humiliation de trop pour d'autres. Mon père appartenait à la première catégorie, qui prenait sa revanche grâce au chronomètre et rêvait de posséder une autre automobile que celle de ses parents.

Aujourd'hui papa roule dans un véhicule d'une quinzaine d'années dont le compteur vient de dépasser les 300 000 kilomètres, une ancienne voiture de grand-père qu'il nous a donnée et qu'on laisse toujours ouverte. Sauf quand nous transportons une arme dans le coffre.

La fin d'après-midi colore en noir la grisaille hivernale. Les éclairages du stade d'athlétisme ont l'air à bout de souffle, comme si ceux du terrain de foot accaparaient toute l'énergie. Dans l'enchevêtrement des gradins, quelques parents de jeunes athlètes forment des petits groupes épars. Des spots éclairent leurs haleines, donnant corps à des discussions sans visages. Nous nous regardons de loin sans nous voir vraiment. Je marche dans les pas de mon père et sa carrure impeccable. De dos, son corps ressemble à un X parfait. Je le vois saluer des silhouettes qui m'évoquent davantage des O. À 46 ans, pas un n'a le tour de taille intact de mon père et j'en suis plus fière encore que si nous possédions une automobile allemande aux pare-chocs chromés, une de celles qui parlent toutes seules. Les marques de sport qui recouvrent son survêtement soigneusement entretenu accrochent la lumière, son costume trois-pièces à lui, porté tous les jours de la semaine. Les logos sportifs font de mon père un homme-sandwich que dévorent des regards moqueurs dont il n'a pas conscience. J'accélère le pas, glisse ma main dans la sienne.

Nous avançons ensemble. Je veux que tous voient une adolescente qui ose montrer combien elle aime son père. Aucun autre parent ici présent ne peut se vanter d'une telle tendresse de la part de ses gosses de 15 ans.

— Allez, Al, on est bons, on tient! hurle mon père. On lâche pas! On lâche rien! On s'arrache, putain! On s'arrache!

La silhouette de mon frère m'évoque un papillon face à un vent trop fort, trop vicieux pour lui, ses ailes prêtes, oui, à s'arracher. Ses yeux abritent une panique, celle de décevoir. Le visage de celui qui court devant, car mon frère est deuxième, brille quant à lui d'une incandescence. Mon frère en est à son quinzième tour de piste, ses intestins lui font l'effet d'être frottés à la paille de fer puis aspergés de vinaigre. Quand il passera la ligne d'arrivée, à bout d'oxygène, étourdi, il vomira d'épuisement et cherchera le regard de mon père pour savoir s'il n'a pas démérité. J'en ai mal au ventre pour lui, j'en suis malade de voir comme il souffre et comme il est triste de ne pas être celui devant. Des fourmillements apparaissent à la lisière de ma main morte. La détresse des autres réactive la sensation de ce que j'ai perdu.

— Tu fous quoi, Mo? Viens encourager ton frère! C'est pas le moment de rêver. Allez, Al! Tu t'arraches! Tire sur les bras! Tu tires sur les bras!

Pour nos parents, nos camarades de classe et même les professeurs nous sommes Mo et Al. Seul grand-père résiste encore au diktat des diminutifs. Lui n'amputera pas nos prénoms. Il martèle «La société fera tout ce qu'elle peut pour vous diminuer! Pas la peine de l'aider, cette salope, en courbant encore plus l'échine ! Maud et Alban, c'est marron de vous avoir donné d'aussi beaux prénoms si c'est pour les saccager ! Tout votre père ça. Tout lui ! Offrez-lui des fleurs, il leur mettra pas assez d'eau mais gardera le papier d'emballage, la ficelle et le ruban ».

Je rejoins papa, je hurle à mon tour :

— Allez, Alban ! Tu peux y arriver !

Mes encouragements font autant de bien que de mal. S'il dépasse celui devant, il en sera fier. Mais s'il n'y arrive pas, il se persuadera d'avoir doublement déçu. Centimètre par centimètre, Alban réduit la distance. Il n'est plus qu'à un souffle du premier. Un battement de cœur. Un battement d'ailes. Quitte à se les arracher.

La musique nous donne des coups invisibles. Impossible de penser, on ne peut que bouger. « One, two, one, two. » Suivre le rythme binaire qu'elle impose. « One, two, one, two. » Fesses, liposuccion, Photoshop, partout les marques éclaboussent les corps. « One, two ! One, two ! » La voix qui accompagne Kylie Minogue est celle de ma mère, un micro harnaché à sa mâchoire retransmet ses one, two, one, two dans les haut-parleurs de l'Athéna Fitness Club où, après son travail, elle donne des cours chaque vendredi soir pour arrondir les fins de mois. J'ai l'âge de me moquer d'elle, ridicule à se déhancher contre quelques euros pour faire transpirer des cadres supérieurs. J'ai l'âge d'avoir honte de ma mère mais un autre sentiment domine. Une émotion devant ce corps-spectacle sculpté à soulever la fonte année après année. Chef-d'œuvre musculaire si éphémère soit-il. Tant d'énergie, tant de volonté pour rien ou si peu me fascine et je l'aime tendrement, le corps-armure et inutile de ma mère.

Malgré ses 48 ans, elle continue de tyranniser chacun de ses muscles. À 3 ans, je la regardais déplacer des montagnes de poids et d'haltères et je me disais « Elle est forte, ma maman ». Quand mon père nous rejoignait, lui peinait à soulever ce qui ne pesait rien pour elle et je m'en amusais. On le moquait gentiment. Ma mère, déjà, était la plus costaude des deux et le plus heureux en était mon père. Sur les bancs de musculation, Alban faisait lui aussi de son mieux. On le trouvait « trop mignon », le petit d'à peine 5 ans jouant avec des haltères de grand, alors il continuait sans s'arrêter, guettait les éclats d'admiration que lui octroierait notre mère. Le soir après l'école, la salle de muscu était devenue notre garderie. Pendant que mon frère et ma mère déplaçaient des kilos, je faisais mes devoirs en attendant que papa nous rejoigne en sortant de l'usine. Notre existence à venir est déjà là, dans ce tableau. Immobile et songeuse, je les regardais gonfler leurs muscles, réfléchissant à la finalité de cet exercice auquel ma main morte m'interdisait de participer. Mon frère, lui, y a gagné des muscles tout ronds, un cœur tambour, et une croissance avortée qui fait qu'aujourd'hui, à 16 ans et demi, il est plus petit que sa sœur qui en a 15. Comme il a un an de retard, nous sommes dans la même classe. Nous portons le même nom mais n'avons pas les mêmes résultats.

À travers les vitres de la salle de fitness, ma mère voit Alban. Maman sait que s'il n'est pas resté dans la voiture, c'est qu'il a remporté la course, alors son sourire devient celui d'une mère fière de son fils mais surtout heureuse pour lui. Cette joie qu'elle éprouve la rendrait presque belle, efface un temps les traits si ingrats de son visage. Ma moche maman. Il n'y a pas d'autre mot. Comme si son nez, ses lèvres et sa bouche avaient été modelés à la hâte, maladroitement. Cela lui a valu son lot d'humiliations, à l'école puis sur les podiums de bodybuilding. L'arrivée des réseaux sociaux a décuplé les moqueries et a stoppé net la carrière sportive de ma mère. « Un corps de déesse de l'Olympe avec une tête de chèvre », avons-nous pu lire, Alban et moi, en recherchant le nom de notre mère sur le Net.

Nous retrouvons l'amie d'enfance de maman dans le bureau de l'Athéna Fitness Club. Sur l'affiche, Athéna c'est Marie et elle a une tête de poupée. Bien faite. Bien mariée. Le corps de Marie ne verse pas dans la démesure comme celui de maman, elle n'est pas une radicale de la compétition, plutôt une centriste. Une prudence qui lui aura interdit les premières places de podiums éphémères mais permit de gravir d'autres marches et de se blottir dans les bras d'une petite bourgeoisie provinciale. Aujourd'hui, la fille d'ouvrier qu'elle est possède le club et emploie son amie d'enfance pour des extras payés au noir. Un travail non déclaré, comme si ma mère n'existait pas pour de vrai. J'observe les espèces passer de main en main, redoutant le moment où Marie en arrive aux pièces pour faire le compte exact. Je préférerais qu'elle arrondisse, même en dessous, je m'en fiche. Ces pièces chaque vendredi, c'est une gifle de plus, une revanche secrète sur celle qui la devançait sur les podiums et qui, au lycée, en dépit de sa tête de chèvre, lui a volé son premier petit copain. Mon père.

— Bravo, Al. Raphaël vient de me téléphoner. Tu es arrivé avant lui, constate Marie, et elle sourit.

Celui qu'Alban a dépassé juste avant la ligne d'arrivée est le fils de Marie. Raphaël.

— C'était une course d'entraînement, poursuit-elle en faisant défiler les messages sur son smartphone. Il faut garder ses forces pour la véritable compétition, c'est ce que je dis à Raphaël. L'entraînement, c'est pour s'entraîner, pas pour gagner. Mais bon… Question de méthode.

Mon frère acquiesce et c'est comme si Marie lui avait volé sa victoire. Un jour je le lui ferai payer, à Marie. Ça, les pièces de monnaie et d'autres choses encore.

Dans l'habitacle de notre véhicule, le plastique et les joints usés du tableau de bord vibrent à l'unisson de la pédale d'accélération. Nos oreilles se sont habituées à ce bruit permanent.

— Si t'as pu le dépasser, c'est que tu peux courir devant, insiste notre père.

Alban s'enfonce dans un siège dont il aimerait qu'il l'avale. Notre mère ne dit plus rien depuis trop longtemps.

— Si tu veux, Al, tu peux ! C'est comme ça que je les ai gagnées, moi, mes courses. Dimanche prochain, tu gagnes. Point ! Il n'y a pas d'autre option. Sinon, c'est toute la vie qui va te passer devant. C'est ce que tu veux ?

— Non.

— Répète-le.

— C'est pas ce que je veux.

— Plus fort, putain ! La niaque, je te dis !

— Non !

— Après la course, y en aura qu'un seul qui partira aux championnats de France. C'est comme ça, c'est la vie. Pas de place pour le deuxième. T'as compris ?

— Oui…

— OUI ! YES ! Faut que tu mordes, putain ! Quand tu seras au niveau national, tu verras autour, c'est pas des athlètes, c'est des chiens d'attaque. Tu le sais, ça !

— Oui, papa.

— Si j'avais pas été blessé, je serais allé loin, nom de Dieu. Aujourd'hui, la chance, tu la saisis, OK ?

— OK.

— Al, ton cœur c'est une putain de machine. Comme le mien. C'est un truc indestructible qu'on a là. On est pareils, tous les deux.

— D'accord, papa. D'accord…

Nous quittons la zone commerciale où les enseignes internationales remplacent les noms des rues. Sur la route d'un chez-nous qui ne l'est pas encore, car l'emprunt suivra mes parents jusqu'aux portes de la retraite, nous sommes tous un peu tristes. Les véhicules qui nous précèdent donnent eux aussi l'impression de transporter des familles à la peine et j'ai alors cette pensée d'un monde exactement semblable au nôtre, une galaxie lointaine, une planète en tout point jumelle. Avec notre voiture et à l'intérieur une famille copiée-collée. Un autre papa comme le mien, une autre maman, un autre Alban et une autre moi. Un univers tout à l'identique mais situé à des milliards de billions d'années-lumière. Tout y serait pareil, jusqu'à nos noms, le métier de nos parents, nos notes à l'école, le moindre de nos chromosomes. Chaque geste répliqué au même instant. Pourtant, dans ce monde-là, les traits de ces autres nous-mêmes ne sont pas fourbus, les regards ne sont pas apeurés, les cœurs lestés de pierres gelées.

Ce soir mon père rentre la voiture au garage comme chaque fois qu'il transporte une arme dans son coffre. Nous vivons dans ce que les journalistes de centre-ville appellent une zone périurbaine, où les maisons et les vies se ressemblent sans être exactement les mêmes, fabriquées de bric et de broc, agrégats de parpaings, de métal, de Placo et de bois, où tout est plus ou moins provisoire, plus ou moins définitif, les maisons comme les existences. Lorsqu'une arme pénètre entre nos murs, mon père nous barricade. Toute petite, j'aimais la sensation d'extraordinaire qui se répandait alors dans notre foyer, et la fierté de papa lorsqu'il exposait le chef-d'œuvre sous la lumière du plafonnier de la cuisine. D'un signe du doigt, il faisait chut et nous devenions les détenteurs d'un secret qui nous grandissait d'un coup. Une responsabilité bien plus lourde que les haltères de ma mère nous hissait du côté des adultes.

Mon père soulève le papier kraft, dévoile un métal sombre. Alban prend le fusil-mitrailleur dans ses bras, comme s'il avait un petit frère ou une petite sœur, et mon père fait son rituel du chuuut sans que l'on sache trop si c'est pour nous rappeler de garder le silence ou pour ne pas réveiller le bébé d'acier que berce Alban.

— Je savais pas que vous fabriquiez ce modèle, dit mon frère.

— Ils étaient faits à Saint-Étienne mais à une époque on en a briqué quelques-uns à la Fab, c'est pour ça qu'on en expose un au musée. Je l'ai remplacé par une copie parfaite, personne ne s'en rendra compte. Klaus Barbie va être content.

— Il sera là demain ?

— Bien sûr, on tue pas le cochon sans Michel !

Michel, surnommé « Klaus Barbie » depuis qu'il s'est improvisé tueur de cochons dans les fermes du coin.

— Pauvre cochon, soupire maman qui d'ordinaire conserve le silence dans ce rituel d'armes et d'hormones, territoire exclusif de mon père.

À en croire mes parents, Michel le tueur de cochons n'est pas un mauvais garçon. Juste un divorcé de plus qui ne partage même pas sa solitude avec une autre divorcée. Collectionneur, il économise toute l'année pour s'acheter une nouvelle arme que son salaire de carreleur ne lui permettrait jamais d'acquérir si mon père ne sortait en douce une pièce d'artillerie chaque hiver. Et la lui revendait à un prix d'ami. Notre treizième mois – et même quatorzième –, grâce auquel nos parents nous offrent à peine un peu plus que le nécessaire. Klaus Barbie ne fait rien de mal avec les armes qu'il achète à mon père. Il les accroche au mur de son garage, il les regarde et parfois les manipule lentement, comme si elles étaient de porcelaine.

La Fabrique d'armes emploie mon père depuis ses 16 ans. Le travail de saisonnier que lui avait alors obtenu grand-père, lui-même entré là à 14 ans, est finalement devenu l'unique carrière d'un jeune athlète rêvant de victoires et de grosses voitures mais qui n'aura pas dépassé le niveau régional et roule dans un monospace familial déglingué. Créée au XVIIe siècle, la Fabrique, que tous appellent la Fab comme si ainsi diminuée elle leur appartenait un peu, a longtemps été l'orgueil de la ville. Chaque année, de la maternelle à la terminale, on y emmène les scolaires s'extasier devant la conscience professionnelle d'ouvriers qui s'échinent sur le moindre millimètre carré de métal. Invoquant le devoir de mémoire, professeurs, anciens ouvriers et parfois élus vantent le savoir-faire corrézien en matière de fabrication de baïonnettes cruciformes. Celles qui étaient fabriquées ici, nous explique-t-on, possédaient la vertu d'empêcher que le sang ne gicle lors de la perforation du corps de l'ennemi, permettant ainsi « une guerre plus propre ». Ce sont leurs mots et nous grandissons avec. Tous déplorent la production désormais moribonde de ce qui a été une fabrique royale. Les armes vendues par l'État français se conçoivent aujourd'hui ailleurs et les plans de reprise successifs ont de plus en plus le goût d'une obole faite à des ouvriers inutiles au nom de ce que la municipalité appelle « le respect d'un patrimoine industriel identitaire ». Mon père et ses collègues me font l'effet d'hommes papier buvard, convaincus par la société de n'être rien d'autre que les brouillons d'ancêtres glorieux. Des hommes qui travailleraient et vivraient pour pas grand-chose, avec l'amertume de le savoir et l'orgueil de ne jamais l'avouer. La peau du bout de leurs doigts, noire du travail du métal, est là pour le leur rappeler. Certains en ont fait une fierté. D'autres la frottent chaque soir en vain.

Privilège des époques révolues, on a créé un musée de la Fabrique où trônent les instruments grâce auxquels ont été façonnées les frontières du monde dans lequel nous vivons. Derrière leurs vitres, les armes silencieuses ressemblent aux trophées glanés par mes parents durant les compétitions d'athlétisme ou de bodybuilding. Enfant, ces récompenses couleur or et argent m'impressionnaient. Je les imaginais forgées dans des métaux aussi précieux que lourds. Un jour j'ai essayé de les soulever, et si j'ai chancelé c'est uniquement sous l'effet de ma surprise face à leur poids plume. Je découvrais leurs alliages légers d'aluminium et de zinc. L'étiquette sous le socle indiquait une provenance chinoise. Exposés dans l'escalier menant à nos chambres, les trophées des parents ont depuis perdu de leur superbe, et tout en haut des marches les dernières étagères restent vides.

La nuit s'est ancrée, elle est solide, on pourrait la croire sans nuances mais ce n'est qu'une impression. En attendant de quitter ma chambre incognito, je voyage sur Internet sous le regard malicieux d'Albert Einstein dont j'ai accroché un poster au-dessus de mon lit. Sur la photo, il tire la langue, et lui rendre la pareille lorsque nos regards se croisent, c'est un peu croire à mon destin et m'en moquer.

Angel Jimenez m'a écrit. Son mail est une vraie lettre, longue, détaillée. Des mots comme une rivière d'émotions en crue que je remonte à la recherche de la source, peinant à comprendre certaines expressions typiquement mexicaines. On sent Angel Jimenez submergé de tout ce qu'il abrite, de tout ce qu'un autre a mis à l'intérieur de son corps. Je soupire, je suis fatiguée, j'ai la flemme de traduire l'espagnol mais je pense à ce que ça lui a coûté de m'écrire. Je l'imagine derrière son clavier en braille, ses doigts qui sont sa seule voix. Angel est trop fragile pour d'inutiles inquiétudes alors il faut répondre sans le faire attendre. Je me concentre sur mon clavier. Pas parce que j'écris d'une seule main mais parce qu'exprimer la vérité d'un sentiment prend du temps, de l'énergie, elle se découvre peu à peu, elle nécessite un silence intérieur.

Une oreille moins aguerrie que la mienne aux bruits de notre maison n'entendrait pas les craquements du faux plancher. Nos parents ont appris à faire l'amour sans bouger mais je peux identifier chaque son, même les plus anodins. Je suis capable de dire quand mon père est à l'intérieur de ma mère, quand il jouit et quand ils s'endorment comme à présent. Lorsque j'aurai fini d'écrire à Angel, je rejoindrai mon frère dans son lit. Je sais qu'il m'y attend.

Aucun enfant ne détourne le regard de la langue léchant mes chevilles, puis mes bras jusqu'à ma main morte. À la recherche d'une saveur, une odeur. Une sueur entre les plis de la chair. La bête s'applique, se régale. Des frissons naissent à hauteur de mon pubis, se déplacent dans mon corps comme des animaux marins.

Je me suis éloignée de la ferme, emmenant les plus petits. Qu'ils ne voient pas Klaus Barbie fusiller et bousiller le porc, le rater, recommencer, sa peau rose déchirée de plomb. Puis Klaus Barbie finir le travail à coups de marteau dans le crâne pendant qu'on tient les pattes de l'animal. Probablement la pire manière de tuer le cochon. Dangereuse, illégale, désastreuse pour la qualité de la viande, c'est pourtant celle que privilégie Michel, un ancien camarade de classe de mon père qui a repris la ferme familiale non loin de chez mes arrière-grands-parents paternels à Sainte-Féréole. Je me suis toujours demandé pourquoi mon père et son copain d'école procédaient ainsi pour estourbir le porc. Grand-père, qui ne participe plus au rituel hivernal du cochon depuis que l'on a recours à

Klaus Barbie, a sa théorie : « Lorsqu'une génération a trop de liberté et aucun objectif, tranche-t-il de sa voix d'ancien syndicaliste, elle n'a rien d'autre à faire que détruire les coutumes de la génération précédente, quelles qu'elles soient. Juste pour utiliser cette fichue liberté dont on ne sait pas quoi faire. C'est pour ça qu'ils tuent ces pauvres cochons n'importe comment, ma petite Maud, avec des fusils et des marteaux là où nous nous contentions de leur enfoncer la lame d'un couteau dans le cœur. »

Des grouinements résonnent jusqu'à l'orée du bosquet. Aucun des enfants n'écoute les coups de feu échappés de la cour de la ferme. Tous sont aimantés par ma main morte, l'haleine de la bête, un brouillard chaud autour de mon épiderme. Un chien sale, sa gueule toute vieille se régale de mon moignon tout jeune. Lorsque j'ai enlevé ma prothèse, les enfants qui gesticulaient et se chamaillaient ont d'abord été traversés d'une torpeur. On aurait dit qu'un vent glacé se levait à l'intérieur d'eux, refroidissant leur sang, ralentissant sa circulation dans les veines. J'ai fait approcher le vieux chien de la ferme pour qu'il sente mon moignon, le lèche, s'en délecte. Le silence est devenu l'écrin merveilleux de la fascination des enfants et nous étions si bien tous ensemble, le chien, les petits, ma main morte et moi.

Les plus jeunes entrouvrent la bouche, tout en eux n'est que point d'interrogation devant cette main tranchée à hauteur du poignet, cette langue qui lustre ma blessure, mon plaisir tout à la fois visible et indétectable, ruisselant. Un fracas de questions les assaille mais les mots ne s'organisent pas, ils ne produisent aucune phrase. Je sais que leurs parents vont se plaindre aux miens, cela arrive toujours quand j'enlève ma prothèse. Je sais aussi que mes parents ne m'en parleront pas, sous peine de s'entendre dire que la prothèse fait mal, qu'elle est laide. Que c'est une prothèse de pauvre. Ils ne veulent pas que je leur rappelle qu'il existe des prothèses plus belles, plus souples, toutes douces, dont le coût dépasse tellement ce que rembourse la Sécurité sociale. Des mains en silicone qui pour moi ressemblent aux plus beaux bijoux du monde. Depuis des années, chaque billet que l'on me donne à Noël, ou pour mes anniversaires, chaque sou que mes grands-parents me glissent dans la poche, je le glisse à mon tour dans une tirelire en forme de globe terrestre. Avec l'espoir de m'offrir un jour une de ces prothèses haute couture. Par transparence, je regarde le niveau de mes économies dans ma tirelire-planète bleue. Je suis encore loin de l'équateur.

Sur le globe, là où toute petite je croyais que l'on marchait la tête en bas et les pieds en haut, un territoire blanc porte ce nom : terre de la Reine-Maud. De 45 degrés est à 20 degrés ouest; 2 500 000 kilomètres carrés de calotte glaciaire. De l'eau, fragile, puissante, à la fois éternelle et éphémère. On la croit immobile mais elle est en mouvement perpétuel. Menacée de fondre, elle menace en retour de noyer l'humanité. Rendre coup pour coup. Son pouvoir me fascine car ma famille possède un de ces 2 500 000 kilomètres carrés. Personne ne nous croit lorsque nous en parlons, personne ne comprend même le sens de cette possession. Un kilomètre carré d'Antarctique… Pourtant c'est vrai. C'est là notre richesse, aussi inutile que gigantesque. Par un étrange accident de l'Histoire, 100 hectares de continent blanc nous appartiennent.

Un garçon approche, s'accroupit, regarde mon moignon, la langue du vieux chien enroulée autour. On dirait deux serpents qui s'accouplent.

— Ça te fait pas mal ?

— Non.

— Tu ressens quoi ? continue le gamin.

— Des picotements.

— C'est pas sale, de faire ça ? Tu vas pas attraper des maladies ?

— On verra…

— Et ta main coupée, tu la sens encore ? C'est ce qu'y disent à la télé.

— Je ne sais pas. J'ai jamais eu de main. Ou alors je ne m'en souviens pas.

— T'es née comme ça ?

— Non, je ne crois pas.

— C'est un accident ?

— Peut-être…

— Tes parents, ils t'ont pas dit ?

Après la découpe du cochon, tandis qu'un objet enrubanné de papier kraft quitte le coffre de notre voiture pour celui de Klaus Barbie, nous plongeons dans la viande afin de préparer les salaisons. C'est une journée froide et ensoleillée dessinant sur la campagne vallonnée des ombres franches, précieuse fraîcheur où la terre se régénère. Il y a un sourire sur le visage de mes parents et je le reconnais, c'est celui du treizième mois. Ce soir, la maison vivra sans serrure, la voiture restera dehors, elle aussi ouverte. L'argent empoché grâce à la vente du fusil-mitrailleur, le

Famas théoriquement destiné au musée de la Fabrique mais détourné par mon père, remplacé par une copie et revendu à Klaus Barbie, permettra à notre famille de respirer jusqu'au prochain goulet d'étranglement financier, et de retrouver un peu d'insouciance.

Je porte le nom d'une reine. Maud de Galles, princesse britannique devenue souveraine de Norvège en 1905 et des mains de laquelle, par l'une de ces incroyables circonvolutions du destin, mon arrière-grand-père maternel a reçu une concession de 1 kilomètre carré sur l'inlandsis de l'Antarctique. Imaginer cet arrière-grand-père, jeune pêcheur breton, accueilli au palais royal d'Oslo pour y recevoir une montagne de glace en échange de « services exceptionnels rendus à la nation norvégienne » me fascine. Après avoir donné son prénom à mon frère, le marin Alban Morgan fait aujourd'hui l'objet d'un tabou dans la famille et ma mère n'évoque jamais cet ancêtre aux allures d'animal fabuleux. C'est en étudiant des récits de marins du siècle dernier, publiés sur le site Internet d'une revue maritime norvégienne, que j'ai découvert qu'en 1927 mon arrière-grand-père Alban avait quitté Saint-Malo pour rejoindre l'équipage de l'expédition Norvegia, financée par le magnat de la pêche à la baleine Anders Christiansen. Il s'agissait d'explorer le continent Antarctique à la recherche de nouvelles zones de pêche. Sept voyages, de 1927 à

1937, qui autoriseront la Norvège à revendiquer la possession de ces territoires vierges où la nuit polaire règne sur de hautes altitudes verglacées qu'affûtent des vents violents. L'aviateur Jonas Mikkelsen et ses hydravions faisaient partie de l'aventure. Le célèbre pionnier de l'aviation, fondateur des Forces aériennes royales de Norvège, s'était pris d'affection pour mon arrière-grand-père alors si jeune et animé d'une soif de connaissances qui l'avait ému. Jonas Mikkelsen l'emmenait dans toutes ses explorations aériennes à l'intérieur des terres, s'élançant vers des nuages diaphanes où les cristaux de glace heurtaient le cockpit comme les oiseaux de givre d'une époque révolue. À la poursuite de sillons blanc sur blanc semblables aux lignes d'une main, ils survolaient la poudreuse jusqu'à découvrir des chaînes de montagnes surgies de l'inlandsis. Des récits relatent avec précision leurs missions, photographier les murailles de glace, atterrir sur la banquise pour procéder à des relevés topographiques et cartographier ce qui apparaissait comme une ultime frontière. C'est au cours d'un de ces vols que Jonas Mikkelsen posa son hydravion endommagé en catastrophe, loin, très loin des bateaux de l'expédition Norvegia. Plusieurs hommes devaient mourir dans le crash et la légende raconte que parmi les survivants se trouvait Anders Christiansen, grand argentier des opérations. Tous étaient blessés, incapables de bouger à l'exception de mon arrière-grand-père, c'est à lui seul que revenait la tâche d'écarter 30 tonnes de neige pour créer une piste de décollage pendant que Jonas Mikkelsen réparerait l'appareil. Après vingt et un jours de restrictions au cours desquels chacun se rationna durement afin que mon arrière-grand-père puisse se nourrir et travailler, la piste était terminée. Jonas Mikkelsen parvenait à faire décoller l'avion et ramenait les rescapés. Mon arrière-grand-père fut considéré comme un héros, celui dont l'exploit avait sauvé le riche magnat et le pionnier de l'aviation norvégienne. Les documents mentionnent qu'à manipuler la glace jour après jour, Alban Morgan s'était brûlé les mains et les avant-bras au troisième degré. À son retour sur le navire, un médecin norvégien l'a amputé des deux mains à hauteur du poignet.

Je me souviens des sensations qui se sont emparées de moi lorsque, déchiffrant le norvégien grâce à un logiciel de traduction, je découvris ce que je partageais avec mon ancêtre. Ma main tranchée m'appelait et je reconnaissais la nature de sa douleur, sa couleur, son odeur. Celle d'une brûlure par le froid. Pour la première fois, je mettais les mots justes sur ma souffrance, j'identifiais la nature de mon affliction. Tout s'éclairait en moi et l'espace d'un instant j'ai eu l'impression de survoler la banquise à travers les nuages et le temps au côté de mon ancêtre. De humer la brise polaire.

J'ai longtemps questionné ma mère sur cette hérédité insolite, ce hasard étrange de blessures jumelles partagées avec le marin Alban Morgan. Chaque fois, maman se referme comme une huître, ne donnant aucune prise pour l'ouvrir, même de force. De cette découverte, j'ai inventé des milliers d'histoires sur mes origines, j'ai imaginé toutes les façons de perdre une main. Puis j'ai continué à rechercher sur Internet les réponses que me refusaient mes parents. L'origine de ma blessure.

Lorsque notre maison s'endort, mon ordinateur s'allume. Des années que je voyage depuis ma chambre, exclusivement de nuit. Grâce à des logiciels aussi performants qu'illégaux, je suis passée reine dans l'art d'être intraçable. Plonger dans la nasse des réseaux, y disparaître. Guerres, accidents, attentats, exécutions. Décapitations. Je grossis les pixels jusqu'à l'os. Je scrute les corps tronqués, leurs blessures tendent un miroir à la mienne. Je guette inlassablement les ombres pourpres, la face cachée des victimes et leurs chairs brûlées. On dit que l'on devient indifférent à force de voir des images de violence. Je ne sais pas. Peut-être les contours de nos sentiments évoluent-ils. La sensibilité se déplace, prenant des formes inattendues, jouant à cache-cache avec notre conscience, et alors un simple nuage, un train qui passe peut nous faire pleurer. À travers les réseaux sociaux, je pénètre des vies inconnues, comme celle de Julia, 9 ans, qui a perdu ses deux jambes dans un accident de voiture. Je lui envoie des messages de réconfort et plus j'écris, moins je crois au désespoir.

Les photos de blessures deviennent alors des histoires puis des prénoms. Il y a Yanko, ce bûcheron qui s'est tranché une jambe à la tronçonneuse dans une forêt d'Europe de l'Est, la chaîne s'est enroulée autour de son os. Son prénom signifie « Dieu fait grâce », me dit-il sans savoir quel sens donner à ça. Il y a Isis, jeune Égyptienne de 15 ans, le visage vitriolé par des gosses du quartier car elle avait refusé de sortir avec l'un d'eux. Ils ont posté l'agression sur Facebook. Je discute avec elle, nous parlons de sa reconstruction faciale et lorsqu'elle me dit elle aussi qu'elle veut mourir, je ne peux lui offrir que quelques mots mais ils contiennent l'énergie qui m'habite, cette rage et cette colère qui sont ma force. Je lui raconte l'histoire de son nom, Isis, divinité qui avait ressuscité son mari découpé en quatorze morceaux. Elle ne le savait pas, elle croyait avoir le nom d'une chanteuse, elle me demande ce que ça veut dire par rapport à son histoire et je lui réponds que c'est à elle de trouver, alors elle m'envoie des smileys et me dit « À demain ». Parmi tous ceux qui souffrent et avec qui je discute, il y a Angel Jimenez, le petit garçon mexicain. Un matin des hommes sont venus pour enlever son père qui appartenait à un cartel de la drogue. Ils ont aussi emmené Angel qui avait alors 6 ans. Ils les ont conduits dans une maison isolée où vivait une autre famille, d'autres parents, d'autres enfants. Ils y sont restés plusieurs semaines. Chaque fin d'après-midi, Angel entendait les enfants rentrer de l'école, jouer à des jeux vidéo dans des pièces voisines pendant qu'on brûlait ses yeux sous ceux de son père. Angel ne veut pas parler de cela, ce qu'on lui a fait subir dans cette maison où derrière les cloisons résonnaient des cris de gosses qui s'amusaient. Ce qui lui est arrivé, je le sais grâce aux rapports de police, aux photos que les policiers avaient partagées entre eux avant qu'elles fassent le tour de la Toile, relayées par l'Unicef. Les orifices de cet enfant que l'on avait remplis de braises ardentes, puis de glace, puis de nouveau de braises… Je ne sais pour quelle raison le drame d'Angel m'est plus insupportable que celui d'aucun autre, je m'en veux de hiérarchiser ce qui ne peut l'être, mais c'est comme s'il existait un lien invisible entre cet enfant et moi, un lien inexplicable. J'éprouve un besoin vital de le sauver. Faire quelque chose. Quoi ? Je ne sais pas. Comment ? Encore moins. J'ai découvert qu'il existe un lieu pour cela, réparer les torts faits aux victimes.

La Cour pénale internationale de La Haye, où l'on juge des crimes atroces. J'ignore comment on peut réparer ce qui est détruit, mais savoir qu'une telle organisation existe me fait du bien, réchauffe mon cœur. Un jour peut-être j'irai là-bas. Je me le formule parfois, et ça ressemble à un songe venu de loin.

Aujourd'hui Angel Jimenez a 13 ans et il veut mourir. Il me l'écrit cette nuit, mais chez lui, dans la ville de Chihuahua au Mexique, c'est le matin. « Mondialisation », tout le monde n'a que ce mot à la bouche, moi je la vis chaque nuit, la mondialisation des émotions et des souffrances. Aucune n'est trop éloignée de moi.

Ma chère amie Maud,

J'essaie d'ouvrir les yeux, c'est noir, avec des fois des endroits plus clairs, des ronds blancs qui font très peur quand ils arrivent et me rappellent des choses que je n'aime pas, des lumières, des flammes. Mes paupières font mal, ma bouche, mes fesses, on dirait qu'il y a toujours le feu à l'intérieur. C'est comme si je me déchirais. Je peux pas m'empêcher de pleurer mais avec ce qu'on a fait à mes yeux, les larmes ne sortent pas. Mes larmes, elles coulent à l'intérieur de moi, elles tombent dans mon sang. Si je bouge, j'ai mal. Si je bouge pas, j'ai mal. Quoi que je fasse, j'ai mal. Vivre est comme un métier qui serait insupportable et inutile. Où que je sois, les gens se taisent. Je ne vois rien mais personne n'ose me regarder, je le sens. Ça coûte cher de me soigner et mon oncle et ma tante, qui s'occupent de moi depuis que papa est mort et que maman est folle, ne pourront pas aider leur dernier fils pour ses études. Mon cousin va devoir abandonner. Ils ne me disent rien, ils s'occupent si bien de moi, mais je les entends parler entre eux. Ils ne le savent pas mais ils me haïssent pour ce que je leur fais endurer, c'est comme si j'étais responsable de quelque chose qui n'est pas ma faute. Chaque jour depuis que c'est arrivé ils m'aiment un peu plus aussi, parce qu'ils ont pitié, parce que je suis tellement devenu leur enfant. Nous sommes une famille et c'est important pour eux de ne pas m'abandonner. Mais si je meurs, je crois que notre maison redeviendrait un peu moins malheureuse. Pas heureuse mais un peu moins malheureuse. Je pense de plus en plus à ça, Maud mon amie, et je me dis que ce sera mieux pour ma famille, moins de malheur. Mais si je fais ça, je n'irai pas au paradis, mamie Gabriela me l'a dit. On n'a pas le droit de se tuer, même si c'est pour aider ceux qu'on aime, et moi j'aimerais tant aller au paradis.

Ton ami Angel

J'éteins mon ordinateur sans répondre à Angel. Je me sens inutile. Je m'allonge sous le poster d'Einstein en me souvenant de moi, enfant, j'ai un peu plus de 6 ans, l'âge d'Angel lorsqu'il a été enlevé, je viens d'apprendre à lire et la bibliothèque de grand-père est un magnifique terrain de jeux, le seul où ma main morte ne me place pas en position d'infériorité. Il y a un livre que j'ouvre. Il est grand, lourd, très lourd et c'est d'abord compliqué de le manipuler, mais j'y parviens avec cette certitude que j'arriverai toujours à tout si je m'acharne. À l'intérieur, il y a beaucoup de photos, des gens célèbres que je ne connais pas, et des anonymes aussi. Eux ne me sont pas totalement étrangers. Ils ont des couleurs de peau différentes, pourtant leurs regards ressemblent à ceux de gens que je connais, ça j'en suis certaine. Il me faut du temps pour lire les légendes mais je persévère. Je parcours le monde entier depuis chez moi, c'est un peu mon premier voyage internationnal. Il y a beaucoup de photos de ce qu'on appelle la guerre, beaucoup trop à mon goût et je me demande pourquoi les garçons y jouent tant dans la cour de récréation. Peut-être devrait-on leur montrer ce livre-là pour qu'ils sachent vraiment ce qu'ils font… Il y a ensuite une photo avec un titre : surpopulation. On est en Chine, un pays étrange où chaque bout de l'image est un bout de quelqu'un. J'en reviens pas de tous ces gens ensemble. Quelques pages plus loin je découvre un enfant sombre comme je n'en ai jamais rencontré, avec un ventre ballon prêt à exploser, des bras allumettes et des yeux en forme de trous noirs. Dessous, un mot inconnu, Biafra. Je continue de lire et plus je lis, plus c'est difficile car certains mots sont très longs. Je déchiffre le mot « kwashiorkor », je m'accroche et petit à petit je comprends le sens de tout ça. Un sens sans sens. La vérité. Des larmes brouillent ma vue et tombent sur la photo de l'enfant sans nom. Il a un âge. Le mien. Je ne savais pas qu'on pouvait ressembler à ça à 6 ans. Je pleure. D'abord sans m'en rendre compte puis sans m'arrêter. Sur la photo le sol craquelé reste sec et l'enfant conserve sa peau tambour prête à crever.

Il y a quelques semaines, je me suis attaquée à un blog de bodybuilding où avaient été publiés des commentaires sur ma mère. C'était il y a plusieurs années mais le temps n'efface pas si facilement les humiliations. Vantant un humour « gaulois », on y disait qu'elle devait être un bon coup à condition de lui « cagouler sa tronche de chèvre ». Dans l'ordinateur obsolète et sans protection du blogueur qui avait émis ses commentaires sous couvert d'anonymat, j'ai envoyé un malware silencieux récupéré sur le darknet, un logiciel espion dormant, invisible. Suivant scrupuleusement un tutoriel pour hacker, j'ai pris le contrôle de son compte. C'était encore plus facile que je le croyais. Sous son identité cette fois réelle, j'ai posté des propos antisémites. Puis j'ai fait disparaître toute trace de piratage grâce à une modification personnelle dans le code du logiciel malveillant qui s'est autodétruit, ma contribution à une technologie que je découvre aussi limpide que l'eau de roche. L'homme vient de se faire exclure de la Fédération française de bodybuilding. Des poursuites sont en cours. Sa femme l'a quitté.

Depuis plusieurs heures la maison s'abandonne dans le sommeil, je la sais paisible, ses murs et ses canalisations sont tranquillisés par le treizième mois que nous offre Klaus Barbie. Cette nuit, je ne rejoins pas mon frère. Je ne vais jamais dans son lit la veille d'une compétition afin qu'il conserve toutes ses forces, même si à cet instant précis je crains qu'il ne soit encore éveillé, tenaillé par la peur d'arriver deuxième à la finale départementale. Ces rencontres nocturnes sont notre secret. Je me glisse dans les draps, les couvertures nous recouvrent entièrement jusqu'à ce que nous disparaissions dessous et n'ayons plus aucun mystère l'un pour l'autre. Toute petite, j'avais pris l'habitude de le rejoindre quand ma main morte me faisait mal. Alban soufflait doucement sur la cicatrice et la douleur s'éloignait. Avec les années, ce n'est plus la peine qui me fait le rejoindre, c'est le besoin d'être avec lui et que nos murmures voyagent de l'un à l'autre. Au cours de la journée, nous n'évoquons jamais ces retrouvailles d'après minuit, comme si pour se livrer, il fallait sillonner cette obscurité où s'entremêlent nos respirations.

Nous sommes partis avec la nuit précédant l'aube et rentrons dans la brumaille du crépuscule. La lumière s'estompe jusqu'à confisquer tout horizon. Mon frère s'est allongé sur la banquette arrière sans enlever ses habits crottés par la course. Finale départementale de cross, 15 kilomètres de pluie et de boue. Son visage est constellé d'éclats de terre. Pour ne pas avoir à payer l'autoroute, papa a emprunté des petites routes où les phares révèlent des barrières de brume qu'alourdit l'humidité de l'air. Leurs volutes pâles m'évoquent les paysages polaires, la banquise des terres de la Reine-Maud. Si seulement j'avais le pouvoir de faire fondre ce kilomètre carré d'Antarctique qui nous appartient, de faire monter le niveau des eaux et de tout emporter, tout détruire. Si je le pouvais, je le ferais. Quelles qu'en soient les conséquences.

J'aurais aimé que ma mère soit là aujourd'hui, qu'elle voie combien Alban s'est battu contre chacun de ses adversaires. Contre lui-même et contre le poids que font peser sur ses épaules les échecs de notre père. Depuis les autorisations exceptionnelles d'ouverture de centres commerciaux, ma mère travaille un dimanche par mois. Refuser de renoncer au repos dominical n'est pas interdit mais très mal perçu par la direction. Le règlement stipulant pour les vigiles l'obligation de rester debout, ma mère a passé sa journée immobile à l'entrée du supermarché, les jambes écartées pour afficher une autorité, le téléphone dans la poche de son treillis noir en mode vibreur. À attendre, à espérer un message généreusement fourni en smileys, synonyme de victoire, puisque c'est ainsi que correspondent désormais mes parents. Avec des smileys. En milieu d'après-midi, le portable a vibré contre la matraque attachée à sa ceinture. L'écran indiquait : On rentre. Maman a compris qu'au mieux son fils était arrivé deuxième et ne participerait pas aux championnats de France. Raphaël, le fils de Marie, l'avait devancé. Elle a rangé le téléphone dans la poche du treillis et a repris sa position sans rien exprimer. Fixant droit dans les yeux les clients qui approchaient, elle a pu mesurer l'unique avantage offert par son métier d'agent de sécurité privé : on n'a obligation de sourire à personne.

Depuis que nous avons quitté les grands axes, nous ne croisons plus aucun véhicule et papa utilise les feux de position alors qu'il pourrait rouler pleins phares. Sa pupille est dilatée à l'extrême. Sa nuque raide semble taillée dans le bois des forêts que nous traversons. Mètre après mètre, la route s'ouvre puis se referme sur notre passage, nous ne cessons d'échapper au noir pour y retourner. Lorsque nous étions enfants, papa était fier de nous montrer qu'il voyait dans l'obscurité. Il nous apprenait le mot « nyctalopie », un terme savant dont il parlait comme s'il l'avait inventé. Il disait « Aucun cas de nyctalopie humaine n'a jamais été constaté réellement, mais moi, j'y arrive, je vois des formes là où les autres ne voient rien». Pour le prouver, il s'amusait à conduire phares éteints.

Ses yeux brillent ce soir d'une lueur que je n'aime pas, quelque chose entre le renoncement et un panache suicidaire. À cet instant précis, il donne l'impression de ne plus rien avoir à perdre. À part nous peut-être. Chaque virage dévoile des arbres toujours plus proches, toujours plus grands, dont les branches griffent la carrosserie en nous murmurant de les rejoindre, de quitter la route, de ne plus emprunter aucun chemin, de rouler sans lumière dans la nuit des bois jusqu'à nous aussi devenir des géants figés.

Massif, immobile, un obstacle se dresse au centre de la route. Une silhouette nous attend, aux contours hostiles que déchirent d'étranges ramifications suspendues à la forêt. Mon père ne freine pas. Nous percutons le corps de plein fouet. Roulons dessus. Le véhicule a un sursaut d'animal blessé puis s'immobilise. La ceinture de sécurité a épargné à mon crâne de heurter le pare-brise. Mon père s'assure que nous ne sommes pas blessés puis il sort. Derrière nous, le corps étendu ressemble à une colline brune, avec ses rivières, ses champs pelés et ses bosquets. Nul cri ni gémissement, juste une respiration à bout de souffle dont les effluves se mêlent au brouillard. Mon père se penche sur la tête qui repose au sol, agitée de légers soubresauts. Un peu plus loin, Alban ramasse un morceau de notre victime que la violence de la collision a séparé du reste du corps. Ce sont des bois de cerf. Papa les attrape et il a alors ce geste d'essayer de les remettre sur la tête de l'animal. Comme si les bois allaient se recoller et le cerf se relever. Les bois retombent immanquablement sur le goudron, l'animal floué au sol. Papa essaie, encore et encore, et les bois retombent encore et encore, et il faut nos mains, à Alban et à moi, sur l'avant-bras de papa pour qu'il accepte que ces bois-là ne se recolleront pas, qu'ils ne repousseront pas et que le cerf ne se relèvera pas. Papa murmure un pardon sans que nous sachions s'il s'adresse au cerf, à nous ou à lui-même, puis il se dirige vers le coffre et en extrait un objet en métal qui n'est pas un fusil-mitrailleur mais un cric destiné à changer les pneus d'une voiture. Papa brandit le cric au-dessus de la tête du cerf, plonge ses yeux dans ceux de l'animal et frappe son crâne à plusieurs reprises.

Nous traînons le cerf jusqu'à un fossé, recouvrons son corps de feuilles mortes. Le silence de la forêt révèle les sanglots de notre père, ses larmes dissimulées par la nuit. Il y a trente ans, il échouait à cette même finale départementale, ruinant comme son fils aujourd'hui tout espoir de courir au niveau national. Une autre vie. En attrapant des branches mortes, des feuilles mortes, de la terre morte pour recouvrir le cadavre du cerf, notre père donne l'impression d'enterrer une partie de lui-même au fond des bois.

De retour chez nous, papa dépose les bois du cerf sur les dernières étagères vides à côté des trophées en zinc puis il s'endort sans rien dire à personne. Mon frère refuse que je le rejoigne dans son lit, lui aussi veut être seul avec sa défaite.

Je mets un Post-it sur la webcam afin de ne pas être filmée si jamais mon ordinateur était piraté, j'active le VPN grâce auquel j'utilise des adresses IP de pays en guerre pour voyager masquée, sillonner les réseaux jusqu'à l'épuisement. La fatigue dessine des demi-lunes sous mes yeux. Les professeurs ne s'inquiètent plus auprès de mes parents, ils ont accepté mon éreintement comme constitutif de ma nature. Mes notes impériales, mon humeur égale pendant les cours et mon assiduité éteignent tout reproche.

Je ne dormirai pas cette nuit, je pars à la rencontre d'autres douleurs, je traque d'autres souffrances, comme un accroc, un prédateur. Elles me mènent un peu partout et nulle part, et notamment dans un petit village de la cordillère des Andes où tous disent qu'« il » est de retour. « Il » a encore frappé. Un policier colombien vient de poster sur son compte Facebook un lien vers les photos du cadavre d'un jeune garçon de 9 ans, retrouvé sur une petite route de la cordillère. Un nom revient au centre des commentaires : Pedro Alonso Lopéz. Le monstre des Andes. Certains disent : « C'est lui le coupable. Après toutes ces années, il est revenu et personne ne l'arrêtera. Il déchirera des enfants jusqu'à la fin des temps. »

Qui est ce monstre que je ne connais pas ? La photo de Pedro Alonso Lopéz s'affiche. Né en 1948 à Ipiales, en Colombie, il a avoué les viols et meurtres de 310 enfants… Je n'arrive pas à comprendre le sens de ce chiffre impossible et si peu crédible… Trois cent dix… Je consulte Wikipédia, je retrouve le même nombre de victimes sans pour autant y voir un gage de vérité. Mais de chiffre, je n'en ai pas d'autres. Aussi fou que cela apparaisse j'apprends aussi qu'il aurait été libéré en 1998, jugé guéri. Guéri… Il a disparu en déclarant qu'il continuerait à tuer. Je lis tout un tas d'articles sans parvenir à démêler le vrai du faux, le réel du fantasme. Il est vieux aujourd'hui, mais certains villageois de la cordillère des Andes disent avoir reconnu sa silhouette errant de nouveau à la croisée des chemins quand tombe le soir. La vie est faite de rencontres, je le sais déjà. Elle n'est même que cela. Je l'apprendrai.

Chaque matin nous déjeunons tous ensemble. Papa et maman préparent des petits déjeuners dont seules les quantités ont varié depuis notre enfance. Ce sont des moments rassurants, ceux où je ressens combien nous sommes une famille. Nos parents commettent des erreurs mais il ne fait aucun doute qu'ils nous aiment plus qu'eux-mêmes. Dire qu'ils seraient prêts à donner leur vie pour nous n'est pas une expression factice, c'est une réalité tangible éprouvée à chaque petit déjeuner.

Mes parents ont-ils assisté à l'amputation de ma main ? Ont-ils une responsabilité là-dedans ? À l'exception de celui-là, tous les sujets sont autorisés autour de la table du petit déjeuner. Avec cette règle, instaurée par ma mère, de ne faire aucun reproche à personne et de ne se plaindre de rien. « Pour cela, dit-elle, les reproches et les plaintes, il y a le reste de la journée. »

Ce matin, des larmes ont noyé le maquillage dont se pare sans relâche ma mère avec l'espoir d'atténuer les traits de son visage disgracieux.

— Pépé Alban est mort.

Elle le dit sans que je sache si elle est réellement triste ou si elle est embêtée car il faudra aller à l'enterrement en Bretagne. Huit heures de route aller. Huit heures de route retour. Elle dit à mon père qu'elle ira seule, entre le travail et les enfants on comprendra qu'il ne l'accompagne pas.

— De toute façon, conclut papa, ils seront rassurés de ne pas me voir, dans ta famille.

— Pépé Alban ? Celui qui a exploré l'Antarctique ?

Ma question crée un malaise. Un arrière-grand-père explorateur qui a rencontré la reine de Norvège, c'est une promesse de merveilleux. Pourquoi faut-il qu'ils me privent de cette part de rêve à laquelle j'aspire tant ? Pourquoi ce silence et cette gêne dès que l'on évoque pépé Alban ? Depuis toute petite, j'ai imaginé bien des choses.

— Vous refusez de parler de lui parce qu'il m'a abusée ?

— Qu'est-ce que tu racontes ?

— Quand j'étais petite. Vous avez découvert qu'il m'avait forcée à…

— Non, Maud, ce n'est pas ça, pas du tout…

— C'est quoi, alors ?

— C'est… C'est pas quelqu'un de bien, voilà !

— Ah…

— Il s'est toujours très mal comporté, avec tout le monde, ça n'a rien à voir avec toi.

— Alors c'est un salaud.

— Oui… Oui.

Silence de ma mère, et il faudrait que l'on passe à autre chose. Mais il est mort, le pépé Alban, alors c'est maintenant ou jamais. Pas question que je la boucle.

— Et c'est pour cette raison que vous avez donné son nom à Alban ? Parce que c'était un sale type ? Vous vous êtes dit, tiens, on va donner à notre fils le nom d'un bon gros enculé.

— Maud, ne parle pas comme…

— Vous me racontez n'importe quoi ! Vous vous foutez de moi ! Vous me prenez pour une conne !

Je peux aligner autant de gros mots que je le veux. À cet instant précis, mes parents ne peuvent plus rien contre moi.

— Je viens à l'enterrement ! C'est décidé, c'est réglé, je viens. Me faites pas chier !

Mon père intervient.

— Ce n'est pas possible, Maud, tu as l'école, tu dois…

— Je dois quoi ? Et toi, tu dois quoi avec ton bac moins cinq ?!

Mon père se tait. J'embraie. Furieuse.

— J'ai 15 ans et j'ai déjà dépassé ton niveau scolaire, j'ai un an d'avance et je suis la première de ma classe dans toutes les matières. À part en sport, bien sûr.

Je lève ma main morte, eux baissent les yeux.

— Vous m'interdirez pas d'aller à l'enterrement de mon arrière-grand-père ! De toute façon, si je veux y aller, j'y vais, je me paie mon trajet. Y a largement assez d'argent dans ma tirelire. Et si vous voulez m'en empêcher, allez-y, essayez. Essayez !

Impossible de me raisonner lorsque je suis en colère. Mes parents le savent, alors ils patientent, attendent que ça retombe, espérant surtout que ça ne grimpe pas trop haut. À des hauteurs d'où il sera douloureux de redescendre, comme c'est parfois arrivé. Et après on est tous très mal pendant plusieurs jours. Mes crises ont commencé avec l'apprentissage de la parole. Au début, ils pensaient qu'il s'agissait de quelque chose lié à ma génération, cette colère qui sort comme ça, sans prévenir, sans limites, ne supportant aucune contradiction et que rien ne peut endiguer. Dans la famille, tout le monde a un avis sur mes accès de violence aussi rares qu'intenses mais où je ne me contrôle plus du tout. Certains y voient un traumatisme lié à ma main morte, d'autres un manque de sport ou de potassium, des lectures qui ne seraient pas de mon âge… Pour grand-père Maurice, ces crises sont ma nature profonde. Il n'y a rien à faire ni à expliquer, seulement à espérer que je sache un jour en faire quelque chose. Que cette violence soit un moteur et ne me dévore pas.

« Faites le portrait d'un individu dont les actes questionnent la société. »

L'évocation d'un tueur en série colombien né en 1948, qui a revendiqué 310 meurtres et viols d'enfants, condamné en 1980 puis libéré en 1998 pour bonne conduite et jugé guéri de sa folie par une administration aussi dingue que lui, me semblait susceptible de « questionner la société ». La prof d'histoire-géographie qui dispense les cours d'éducation civique en décide autrement et m'interdit de terminer mon exposé. Elle ne veut rien entendre des supplices endurés par les enfants enlevés. Elle ne me laisse pas exprimer ce que j'ai essayé d'imaginer de la douleur des familles. Pourtant les mots ont besoin de sortir. Qu'ils s'en aillent ! Je ne veux pas qu'ils laissent des saletés au fond de moi. La prof m'ordonne de me taire. Elle attendait autre chose, me dit-elle, un portrait d'activiste écologique ou d'une féministe nouvelle manière. Dans la classe, des élèves profitent de sa colère pour envoyer des SMS. Le proviseur déboule, troublé par la tension qui règne il fait signe à la prof de le rejoindre tout en m'adressant un regard soucieux. Il ne regarde personne d'autre que moi. À travers les vitres, nous les voyons discuter avec deux gendarmes. Puis revenir.

— Maud, prends tes affaires et viens avec nous, s'il te plaît.

Je traverse la cour du lycée jusqu'au parking où stationne un véhicule de gendarmerie à l'intérieur duquel on m'invite à monter. J'y retrouve mon frère et un gendarme qui était à l'école avec mon père. Enfants, ils jouaient ensemble dans cette même cour de récréation.

— Bonjour, Maud.

— Où est-ce qu'on va ?

— À la gendarmerie.

— Où sont mes parents ?

— À la gendarmerie. Ne t'inquiète pas, tout va bien.

Plus il répète que tout va bien, plus la panique s'installe dans les yeux d'Alban.

— Tout va bien, ne t'inquiète pas, répète encore le gendarme, détournant son regard du mien, ne t'inquiète pas…

La veste de jogging de mon père est abandonnée sur une table. Froissée. Sa montre, son téléphone, son portefeuille sont étalés sur des étagères écaillées. Dans l'entrebâillement d'une porte, je reconnais la silhouette de ma mère. Depuis un autre bureau la voix de grand-père hausse le ton, renseignant les hommes en uniforme sur le rôle de la police française pendant l'Occupation. Les gendarmes connaissent les convictions de grand-père, certains venaient même jouer avec papa autour de la ferme de mes arrière-grands-parents lorsqu'ils étaient gosses. Alban et moi sommes séparés pour être interrogés. C'est moi la petite sœur mais c'est lui qui pleure. J'entre dans un bureau où m'attendent une éducatrice de l'Aide sociale à l'enfance et un officier que je ne connais pas. Il ne possède ni les mots, ni les expressions, ni l'accent d'ici. L'éducatrice marmonne que l'officier fait partie d'une cellule antiterroriste. Je décide que je n'offrirai rien à cet homme, à commencer par la moindre émotion.

— Est-ce que tu sais pourquoi tu es ici ?

— Non.

— Tu n'en as aucune idée ?

— Non.

— Est-ce que tu connais Michel Gentier ?

— Non.

— On l'appelle aussi Klaus Barbie.

— Ah oui. Lui, je le connais.

— Tu sais pourquoi on l'appelle Klaus Barbie ?

Le fils de pute de l'antiterrorisme me dit ça avec cet air condescendant incrusté dans sa gueule de connard. Il doit penser que pour une gamine de ce pays de dégénérés et de losers ce surnom ne peut renvoyer à rien d'autre qu'à la poupée de merde cotée en Bourse. Il ne va pas être déçu.

— C'est en référence à Nikolaus Barbie, dit Klaus Barbie, condamné pour crimes contre l'humanité en 1987. On le surnommait le « Boucher de Lyon ».

— Tu en sais plus que ton père, dis donc. Lui croyait que c'était le méchant d'un vieux film.

— Je pense aussi en savoir largement plus que vous. Sur ça et beaucoup d'autres choses. Klaus Barbie, vous saviez qu'il était comme vous ?

— C'est-à-dire ?

— Son grade, Hauptsturmführer, capitaine, exactement comme vous, lui dis-je en montrant ses galons. Enfin, lui il appartenait à la SS.

Le connard de l'antiterrorisme me lance un regard en biais. Je pense qu'il aimerait bien me gifler.

— Ah... Ce genre de détails non plus, ton père ne savait pas. Quand est-ce que tu l'as vu pour la dernière fois ?

— Mon père ?

— Non, Klaus Barbie.

— Klaus Barbie est mort le 25 septembre 1991. Je n'étais pas encore née.

— T'es une petite maligne, toi... Et Michel Gentier ?

J'acquiesce.

— Pour tuer le cochon. D'où la référence au Boucher de Lyon, vous comprenez ?

— Oui. Et... ?

— Et rien.

— On m'a dit que tu as de très bonnes notes à l'école.

— Oui.

— Que tu es très intelligente.

— ...

— Est-ce que tu reconnais ceci ?

L'officier me tend une photo.

— C'est un fusil-mitrailleur, un Famas.

— Tu t'y connais...

— Mon père travaille à la Fabrique.

— Et tu as déjà vu un Famas en vrai ?

— Non.

— Jamais ?

— Non, jamais.

— Ton père n'a jamais rapporté d'armes à la maison ?
— Non.
Le Hauptsturmführer m'a interrogée plus d'une heure. Mes réponses concises, précises, leur concordance avec les dépositions de mon frère, de mon grand-père et de ma mère l'ont convaincu que nous ignorions tout du petit trafic auquel se livre notre père.

Nous ressortons de la gendarmerie en milieu de soirée. Papa y passera la nuit avant d'être incarcéré en préventive à la maison d'arrêt d'Uzerche, où il restera le temps de l'instruction de son procès. Maman est en garde à vue pour la nuit.

Grand-père nous emmène dormir chez lui et nous apprend que Michel Gentier, alias Klaus Barbie, a mis fin à ses jours d'une rafale de Famas dans la bouche. On l'a retrouvé assis au centre de son garage et de sa collection illégale d'armes de guerre. Klaus Barbie s'est encordé à une chaise elle-même vissée dans le sol afin de ne pas s'écrouler après la mort.

— Fais de beaux rêves, ma petite Maud. Tout va s'arranger. Ils comprendront vite que ton père n'est pas un terroriste mais juste un gros benêt.

Avant d'éteindre la lumière, grand-père nous étreint comme si nous n'avions jamais grandi. Je regarde ses mains de vieil homme tirer sur les couvertures, glisser le rebord des draps sous le matelas et quelque chose en moi s'apaise. J'ai l'impression de ne plus pouvoir respirer tant je suis serrée dans mon lit de petite fille, et c'est aussi rassurant que de sentir les bras de grand-père m'enlacer pour éloigner le chagrin. Je ferme les yeux sans desserrer l'étreinte des draps. Être prisonnière de l'amour de grand-père donnera des ailes à mes rêves.

Huit heures de route. Huit heures de silence. À peine maman sort-elle du commissariat que nous partons toutes les deux aux obsèques de pépé Alban. La fatigue qui creuse nos traits n'est pas celle du trajet jusqu'en Bretagne mais des paroles que nous n'échangeons pas.

— Tu dis rien de ce qui s'est passé. Je veux pas qu'ils sachent. Ils l'apprendront bien assez tôt. Si on te questionne, tu dis que papa travaille.

La cérémonie funéraire a lieu dans une salle attenante à l'Ephad où mon ancêtre explorateur a terminé sa vie. Je ne m'attendais pas à autant de monde. J'observe maman qui parle de papa comme si de rien n'était, « Oui il va bien, oui il a beaucoup de travail ». Traversant l'assemblée, j'écoute les murmures évoquant la mémoire d'Alban Morgan et devine un homme estimé, décrit comme serviable, attentionné, doux. Un portrait loin de l'image que laisse supposer sa mise à l'index par mes parents. Approchant du cercueil, je m'apprête à mesurer le vide de ses mains tranchées en Antarctique. Comment le thanatopracteur aura-t-il intégré cette singularité dans la mise en scène du corps ?

Les bras sont repliés sur le torse. Sur son cœur, nulle absence mais deux mains, pâles et magnifiques, assombries de vieillesse, taches noirâtres, veines bleuies, chef-d'œuvre de biologie jusque dans la mort. J'observe un corps parfait, complet, indemne à qui il ne manque plus que le mouvement, et j'éprouve un profond sentiment de trahison. Toutes ces histoires que je me suis racontées, imaginées… Mensonges. Trahie par cet ancêtre dans lequel je projetais tant de ressemblances. Mensonges. Mensonges ! Je le croyais frère de peine, j'en avais besoin, j'ai grandi avec. Trahie par toute une lignée, trahie par les rapports de la marine norvégienne. Trahie par l'Histoire et par la reine Maud de Galles. Trahie… Je voudrais hurler, arracher ma prothèse et la jeter dans le cercueil, mais déjà Tino Rossi chante la Bretagne plus belle que Venise et il faut s'asseoir, se taire, écouter.

— La maladie a plongé les vingt dernières années d'Alban Morgan dans la brume de la mémoire et la rouille des os, dit sa fille au cours de l'oraison funèbre.

La mère de ma mère, que nous appelons chaque dimanche mais à qui je dis mamie avec une hésitation, sera la seule à s'exprimer. J'écoute la longue cérémonie laïque avec la ferveur d'une dévote, tour à tour fascinée et révoltée par cet ancêtre que des courants sous-marins mystérieux ont emporté loin des siens.

— Tu avais oublié ton nom, papa, tu avais oublié celui de ta femme. Tu avais oublié le visage de tes parents et aussi le mien, ta fille unique. Une chose, une seule, pourtant, est restée intacte jusqu'à ton dernier souffle : la langue de nos ancêtres. La maladie avait définitivement effacé le français de ta mémoire mais pas le breton. Tu te souvenais de la mer qui nourrissait notre famille, tu te souvenais de ta mère t'interdisant de courir pieds nus en hiver sur la plage et toi tu n'en faisais qu'à ta tête car tu voulais voir l'empreinte de tes pieds d'enfant dans le sable. Tu te souvenais des concours de ricanements avec les mouettes, tu te souvenais de ce qui ne reviendrait plus : le poids du sable mouillé dans ta main, la vague qui entre dans tes bottes, les crabes aux pinces desquels tu offrais tes petits doigts pour voir s'ils faisaient si mal que ça. Le vent et la pluie alors étaient des amis magnifiques, me disais-tu. Tu te souvenais enfin de la pêche aux coquillages sur les plages et les rochers, tu étais si petit et déjà si riche tant ces coquillages étaient un trésor, le tien, le nôtre, et on pouvait même le manger. Tu serais chasseur de baleines comme ton père, tu le savais, mais ta mère avait voulu que tu apprennes le nom scientifique des coquillages que tu ramassais. Elle disait qu'un jour cela te servirait. Elle ne savait pas à quoi ni comment mais elle le savait. Elle n'acceptait de faire cuire aucun des bigorneaux que tu rapportais tant que tu ne l'appelais pas *Littorina littorea*, d'ouvrir aucune bucarde si tu ne savais épeler son nom, *Laevicardium norvegicum*, de préparer aucune moule si dans ta bouche elle n'entendait pas *Mytilidae*. Le latin s'invitait dans la langue bretonne et il y avait de la place pour tout le monde. Tu m'as dit te souvenir que les coquillages que tu préférais pêcher étaient les *Venerupis decussata*. Les palourdes. À marée basse, tu savais à peine marcher, tu arpentais déjà la plage, fourchette à la main, à la recherche de deux trous concomitants dans le sable. « C'est la plage qui respire », avait dit ta mère, et tu avais ouvert la bouche en grand. Tu n'avais que 4 ans, et pourtant, il y a quelques semaines encore, me le racontant, tu revivais ton ébahissement d'enfant : la plage qui respire… Le petit garçon avait alors utilisé sa fourchette et pêché sa première palourde.

» À l'âge de 18 ans, tu t'en allais sur les baleiniers, papa, et lorsque tu rentrais, tu ne pêchais plus *Venerupis decussata* à marée basse mais en plongeant en apnée. Tu te laissais glisser dans la froidure des profondeurs, chutant à la verticale, capturant les palourdes à main nue. C'est ainsi que tu as rencontré des marins norvégiens qui partaient à la recherche de nouvelles zones de pêche en Antarctique. Ils faisaient escale à Saint-Malo lorsque tu les as emmenés plonger avec toi, curieux qu'ils étaient de cette technique de pêche à la palourde. Ils ne parlaient pas le français, encore moins le breton. Tu ne parlais pas l'anglais, encore moins le norvégien. Alors, tu leur as montré les coquillages des plages de ton enfance, ceux accrochés aux rochers de ta jeunesse. Tu n'avais pas oublié leurs noms en latin, et là, vous vous êtes compris. Quelques jours plus tard, tu annonçais à ta mère que tu t'en allais dans un bateau norvégien, explorer l'Antarctique, le pôle Sud. Et c'était grâce à elle.

Après la mise au tombeau, nous avons accompagné mamie Solen à l'Ephad pour vider la chambre de son père. Là aussi, j'ai lu dans les regards du personnel qu'Alban Morgan était un homme apprécié. Il était ici depuis longtemps et certaines employées semblaient s'être attachées à lui. Nous avons mis les affaires de mon arrière-grand-père dans des sacs-poubelle gris. Mamie avait honte de ne pas avoir prévu de valise mais une infirmière lui a dit de ne pas s'inquiéter, la plupart des familles faisaient ainsi, et de toute façon, les affaires souvent finissaient dans un container. L'infirmière lui a dit qu'elle pourrait utiliser les bennes de l'établissement au fond du parking et ma grand-mère s'est mise à pleurer. Tandis que maman et mamie entassaient les affaires dans les sacs en plastique, j'observais la dernière demeure de mon ancêtre explorateur. Nulle carte, nul globe terrestre, nulle photo des expéditions en Antarctique. Des murs nus, couleur vert-de-gris, avec pour seule décoration des taches d'humidité. L'établissement, pourtant, avait bonne réputation, mais dans l'aile réservée aux malades d'Alzheimer il était interdit d'accrocher quoi que ce soit aux murs et de décorer la chambre, sous peine que les patients ne s'emparent de leurs souvenirs oubliés et ne se blessent avec.

Maman ne voulait pas perdre une journée de travail et nous sommes reparties le lendemain matin sans même faire un détour par ces plages, ces rochers où pépé Alban pêchait les coquillages. Avant de se dire adieu, mamie Solen lui a donné un dossier, un vieux classeur épais fermé d'un lacet en cuir. Depuis l'intérieur de la voiture, j'ai vu maman refuser, secouer violemment la tête. Puis elles se sont toutes les deux tournées dans ma direction et les documents ont finalement pris le chemin des mains de ma mère.

Les trophées dans l'escalier sont renversés. À notre retour de Bretagne, maman tente de remettre un peu d'ordre suite au passage de la police, de la gendarmerie, de l'antiterrorisme. Elle ne fait plus de différence entre ces hommes aux costumes sombres. En reconnaissant certains visages parmi les gendarmes, elle a d'abord éprouvé un soulagement, l'espoir que d'anciens camarades de classe seraient un réconfort, feraient preuve de délicatesse au cours de la perquisition. Elle a déchanté. Les années ensemble dans la cour de récréation ont au contraire attisé leur ardeur. Ultime manifestation de force et d'autorité pour couronner leur jeunesse. Une manière de dire « Échec et mat, c'est moi qui ai gagné, c'est moi qui ai la plus belle vie ». Avec un air contrit masquant une satisfaction qu'aucun n'oserait avouer et qu'ils s'étonnent même d'éprouver.

Maman a observé ses anciens camarades de classe exagérément droits dans leurs bottes, leur zèle à fouiller partout, à examiner ses sous-vêtements sous couvert de sécurité nationale, répétant qu'ils ne faisaient que leur travail. Tous savaient que l'affaire n'irait pas plus loin, que mon père n'était pas un trafiquant d'armes, encore moins un terroriste, juste un gars pas bien malin qui croyait avoir trouvé le moyen d'offrir un peu mieux à ses enfants en vendant des armes à un collectionneur dépressif.

Depuis leur départ, maman se déplace en baissant les yeux sur notre lino à la manière d'un hanneton que poursuit un téléphone en mode vibreur. Chaque appel est un ennemi, elle ne répond à aucun, préférant attendre de consulter les messages. Elle ne s'est pas maquillée. À 15 ans, je découvre pour la première fois son visage sans fard et prends conscience des années de douleur, des décennies de chagrin devant la glace à tenter de rectifier avec ses petits pinceaux le reflet injuste que renvoie le miroir.

Le poster d'Albert Einstein recouvrant le mur au-dessus de mon lit a été arraché. Aduler un génie plutôt que les fesses de Beyoncé ou de Rihanna ferait de moi un individu suspect ? On n'a pas touché au globe terrestre-tirelire mais je ne vois pas mon ordinateur. Angel Jimenez et tous ceux qui attendent mes messages devront patienter. L'antiterrorisme n'y trouvera aucune trace de mes voyages nocturnes. J'ai fait ce qu'il fallait. À 15 ans, je suis plus forte qu'eux et pas un ne le sait. Un jour ils se le prendront dans la gueule et ils ne comprendront rien, ces flics de putes ! Comment ils peuvent penser qu'on va les respecter à foutre en l'air la chambre d'une gamine et à arracher le seul poster sur ses murs ? Bravo, les héros ! Braves toutous ! Je répète à voix basse « Va crever, va crever, va crever, va crever... ».

J'enlève ma prothèse, je la jette contre le mur, une fois, deux fois, dix fois. Qu'elle se brise. Ne pas être tentée de la remettre. Jamais. Désormais je l'agiterai aux yeux de tous, ma main morte. C'en est fini de maquiller la misère.

L'hiver s'installe au fond de nos poumons. Un sale hiver qui enflamme la gorge. Prend la tête. La demande de libération pour la soirée d'anniversaire de mon père a été rejetée. Notre avocat rechigne à faire payer ma mère à chaque rendez-vous, lui dit que ça peut attendre mais elle s'obstine, sort ses billets froissés, ses pièces. Et compte. Et recompte. Elle veut payer tout de suite ce qu'elle doit, ne veut pas d'aumône, dit-elle, plaçant son honneur là où elle le peut, fût-ce dans une voie sans issue. L'avocat qui d'abord l'appréciait, puis la plaignait, est maintenant fatigué d'elle et de cette affaire qui prend du temps et de la mauvaise énergie dépensée pour un résultat médiocre.

Nous nous arrêtons au supermarché où maman travaille. Nous remplissons le Caddie avec des produits d'une gamme encore plus dégueulasse que d'habitude. Et on ne part pas de bien haut. Sur les étiquettes, maman regarde le prix des aliments au kilo. Elle compare. À la caisse, maman ne dit rien mais elle est inquiète que sa carte bancaire soit refusée. Elle compose son code en souriant à la caissière qu'elle connaît bien. Paiement refusé. Elle balbutie une excuse bidon et fait un chèque. Alban est mortifié. Pas moi. La semaine suivante, la caissière lui dit qu'elle ne peut plus accepter son chèque car le dernier a été refusé par la banque. Elle est sur une liste. Ma mère sort des espèces et Alban doit remettre quelques produits dans les rayons car nous n'avons pas assez pour payer. Nous irons désormais faire nos courses ailleurs. Là où c'est encore moins cher. Nous puons de plus en plus la pauvreté. Je reste silencieuse, calme, tranquille, contemplant notre chute dans les yeux de ceux que nous rencontrons, là où Alban est constamment effrayé. Depuis que papa est à la maison d'arrêt mon frère ne va plus au lycée. Chaque soir, il arpente notre jardin torse nu, faisant le plein d'humidité. Son corps accueille le froid, le recueille afin de rester cloué au lit, réactiver son angine et manquer les cours. Depuis quelques jours il neige. La nuit tombée, à travers la fenêtre de ma chambre, je regarde Alban marcher pieds nus sur la poudreuse, abandonnant au sol des empreintes qui semblent une preuve d'existence jusqu'à ce qu'elles disparaissent. Alban est immobile, prêt à devenir un bonhomme de neige. Des flocons fleurissent ses épaules nues, ses bras nus, sa tête nue, on dirait un lichen de givre à l'assaut d'un frêle chêne solitaire et je ressens ce qui nous unit, mon grand frère et moi. Une peur. Perdre le peu que nous possédons encore.

Le lendemain de son anniversaire, nous obtenons une autorisation de visite pour fêter les 47 ans de papa que je n'ai pas revu depuis son arrestation il y a six semaines. Pour l'occasion, maman se maquille, se parfume, s'habille. La sexualité agressive de son corps bodybuildé explose, elle veut être celle que papa désire. Celle qu'il a désirée. Au sacrifice que lui coûte de se préparer – alors qu'autour d'elle tout s'écroule – je mesure combien elle l'aime.

— Pas un mot sur la maison qu'on va mettre en vente, d'accord ?

— D'accord.

— Pour les frais de justice, les problèmes d'argent et tout, là non plus, il ne doit rien savoir. C'est clair ?

— Clair.

— Son travail à la Fab : silence.

La voix enrouée de mon frère ne dissimule pas son inquiétude. Presque une panique.

— Grand-père a dit qu'il allait régler le problème et que papa garderait son travail…

— Il a rien réglé du tout, grand-père. Il a essayé mais il a pas réussi. Papa va être licencié, Al, et c'est pas le moment de le lui dire.

Papa nous rejoint au parloir, flanqué d'un gardien mais aussi de coups sur la joue et sous le menton virant au jaune-violet. Une multitude de points de suture encadrent l'arcade sourcilière gauche. Je ne reconnais pas ses habits effilochés où des estafilades remplacent les logos. Il tente de sourire, grimace, porte une main hésitante à des côtes douloureuses, dévoile des phalanges abîmées. Le gardien nous ordonne de nous éloigner. Aucun contact physique avec un détenu n'est autorisé. Je suis stupéfaite de constater qu'il ne remarque pas que j'ai enlevé ma prothèse. Je m'interdis de lui en vouloir.

— … Tu as du nouveau ? La date du jugement, demande papa avant même de dire bonjour à maman.

— Non… Pas encore…

— …

— L'avocat dit qu'il fait ce qu'il peut.

— …

— Il y a beaucoup de retard sur plein d'affaires, les tribunaux sont surchargés.

— …

— L'avocat a dit que ça prendra du temps.

— …

— Je fais ce que je peux pour qu'il accélère le processus, mais c'est pas facile…

— …

— Dis-moi quelque chose, s'il te plaît… Parle-nous…

Visage plongé dans ses mains blessées, mon père n'est plus qu'un entassement de sanglots, un amas de détresse. Nous restons suspendus à quelques centimètres de ce corps que nous voudrions réconforter sans y être autorisés. Le gardien relève le nez de l'écran de son téléphone portable. C'est la fin de la visite. Je regarde mon père s'en aller vers sa cellule, le regard apeuré.

Avant de quitter la prison, nous croisons un jeune détenu sur les épaules duquel je reconnais la veste de jogging de papa. Il y a des traces d'hématomes sur son visage à lui aussi. Je me dis qu'ils ont dû s'y mettre à plusieurs pour dérober ses affaires à mon père.

Au-dessus de mon lit, le portrait du monstre des Andes s'est substitué à celui d'Albert Einstein. Voilà ce qu'aura gagné l'antiterrorisme en déchirant la théorie de la relativité qui veillait sur mes nuits. Quel meilleur compagnon qu'un meurtrier pour accompagner les rêves d'une adolescente du XXIe siècle ?

L'immobilisme mollasson qui définissait nos existences laisse place à une lutte de tous les instants pour maintenir la tête hors de l'eau. Avec un salaire en moins, nous devons nous adapter, trouver l'argent pour payer les frais de justice, les mensualités de l'emprunt de la maison, faire tenir debout notre vie quotidienne qu'une série de microcrédits transforme en terrain miné.

— Merde ! Putain. Putain !

Les enfants n'aiment pas entendre leurs parents jurer, gueuler. C'est que quelque part, quelque chose ne va pas. Alban se tétanise devant les « putain » de notre mère, son corps hypermusclé vaincu par la caisse électronique d'une pompe à essence. Derrière nous, un véhicule attend. Je devine Alban honteux à l'idée qu'on sache que sa mère ne peut pas payer le carburant. Moi je m'en fiche. Je sors, je rejoins maman ratatinée sur elle-même à la manière d'un sac de patates boursouflé d'OGM. Les yeux rougis par un je-ne-sais-quoi de rage, de fatigue et de peine mélangées, elle ressemble à l'humain du futur. Ma mère est un précurseur des temps à venir.

— Paiement refusé ?

— Je comprends pas, normalement on tient jusqu'au 20 du mois, putain, on n'est que le 7. Putain de merde de merde !

— On verra ça demain, maman.

— On est sur la réserve, on n'a plus d'essence pour rentrer. Putain, j'en peux plus, mais j'en peux plus. Je vais craquer, moi !

Les tendons du cou de taureau de ma mère sont prêts à rompre, ses veines ont triplé de volume comme quand elle soulevait des haltères impossibles. Sauf que là elle n'arrive à rien. La voiture derrière nous a changé de file, à l'intérieur un couple nous regarde. Maman enrage.

— Hé, ducon ! Tu veux ma photo ? Tu veux que je t'en colle une, espèce d'enculé ?

— Arrête, maman, calme-toi. On va trouver une solution.

— Excuse-moi, Mo… Tu as raison. Je vais appeler Marie, elle nous aidera.

J'attrape le téléphone des mains de maman, je parcours sa liste de contacts et j'appelle.

— Allô, grand-père ?

Nous n'avons pas patienté longtemps. Grand-père a payé l'essence en disant qu'il était bien content de nous voir car il s'ennuyait, et avant de repartir, il est allé au distributeur de billets. Il a retiré le maximum.

Quand maman a dit non, qu'elle était gênée, il a rigolé et rétorqué que c'était pas pour nous. Que c'était pour lui. Et il a tendu sa carte bancaire à ma mère.

— Tiens, fais-moi plaisir, s'il te plaît. Je me débrouillerai avec des espèces comme au bon vieux temps. Maud connaît le code. Je veux que vous manquiez de rien.

Grand-père n'a pas attendu qu'on l'embrasse, il ne voulait pas qu'on pleure ou une effusion de ce genre, ni même qu'on le remercie. Il a repris son air faussement bougon, il a râlé sur un gars qui roulait trop vite et il est aussitôt retourné dans sa voiture.

Sur le chemin du retour, j'ai proposé à maman de lui donner l'argent que j'avais dans mon globe-tirelire. De toute façon je ne voulais plus m'acheter de prothèse, ni même en mettre, plus jamais. Elle n'a pas répondu mais les larmes que retenaient encore ses muscles ont déferlé sur son visage. Elle a fait non de la tête et je n'ai pas insisté.

Chaque soir, après son travail d'agent de sécurité au centre commercial, maman abandonne le treillis noir pour des leggings de fitness, enchaînant les cours à l'Athéna Fitness Club tenu par son amie d'enfance Marie. Plus seulement le vendredi soir mais chaque jour de la semaine. À charge pour moi de m'occuper de la maison, des repas, de la gestion de notre budget. Tâches dont je m'acquitte avec une rigueur que notre famille n'avait jamais connue. Symboliquement, mon premier geste a été de corriger nos noms sur notre boîte aux lettres, d'enlever les diminutifs dont nos parents nous affublaient.

Je me demande souvent comment se portent Angel, Yanko, Isis et les autres. Je n'ai pas consulté mes différents profils depuis que papa a été incarcéré. Je n'ai jamais été aussi loin si longtemps des blessures des autres. J'éprouve un mélange de culpabilité et de soulagement dans cette mise à distance. La confiscation de mon ordinateur par l'antiterrorisme me donne une excuse, mais la vérité – et c'est une chose que je découvre – est que l'énergie déployée pour maintenir la tête de notre famille hors de l'eau m'empêche de réfléchir à quoi que ce soit d'autre que notre survie financière. Subsister est un travail à plein temps. Les soucis matériels accaparent tout.

Alban a fini par retourner à l'école. Il a abandonné l'athlétisme et ne porte plus de vêtements de sport. Vendus, tout comme les affaires de papa, ses joggings, polos, chaussures de marque. Face à l'humiliation d'avoir un père en prison, les moqueries de ses camarades, Alban a eu un sursaut d'orgueil et décidé de devenir un élève modèle, travaillant consciencieusement, régulièrement, avec une ferveur qu'on ne lui avait jamais vue. Notre mère et ses professeurs sont les premiers surpris qu'un élève considéré par l'Éducation nationale comme irrémédiablement perdu puisse obtenir de bonnes notes en aussi peu de temps. Simplement parce qu'il le veut et s'en donne les moyens. Un soir, alors que je le rejoins dans son lit, Alban me confie que c'est sa manière à lui de soutenir papa. Chaque fois que nous lui rendons visite au parloir, Alban emporte ses copies sur lesquelles s'étalent des notes toujours un peu meilleures, et – ce qui émeut encore plus notre père – les encouragements des enseignants.

Les gendarmes ont fini par nous restituer nos ordinateurs. L'antiterrorisme n'y a rien découvert, sinon des traces de consultations de sites pornographiques dans celui d'Alban. S'agissant d'un mineur, l'officier de police a indiqué avoir été tenu d'en référer aux services de l'Aide sociale à l'enfance. « Rien de grave, madame, a-t-il ajouté, uniquement du contenu hétérosexuel. » Ma mère a serré les dents, serré les poings en écoutant l'officier, mesuré sa carrure sous l'uniforme, estimant que s'ils étaient amenés à se battre, elle le pilonnerait.

Avec le retour de mon ordinateur je reprends les voyages nocturnes vers mes amis lointains. Angel Jimenez m'a écrit plusieurs fois. Il ne comprend pas mon silence, ne veut pas croire que je l'aie abandonné. Dans ses derniers messages, il redoute qu'il me soit arrivé quelque chose et que l'on ne puisse plus jamais se parler. Je lui écris aussitôt, je dis que je vais bien et que je lui expliquerai, bientôt.

Rien n'a changé pendant mon absence derrière l'écran. Un énième rapport de l'Unicef alerte sur les risques de crimes contre l'humanité envers des enfants au Soudan du Sud. Je retrouve ce tumulte que produisent en moi les regards des malheureux et je voudrais pleurer avec eux, mais je n'y arrive plus comme avant. La compassion s'est estompée au profit d'une impression différente, comme si le spectacle de la douleur du monde ne me suffisait plus. Agir est devenu essentiel, mais plus en m'imaginant aller distribuer des médicaments ou de la nourriture à des enfants perdus, au Biafra ou ailleurs. Je sais aujourd'hui que la charité n'est pas la justice. Je rêve d'autre chose et je m'assoupis devant mon écran où j'attends des nouvelles d'Angel Jimenez. Je vais sur le site de la Cour pénale internationale de La Haye, m'informe des dernières affaires. Cette cour installée dans le nord de l'Europe a un terrain d'action étrangement lointain, essentiellement les pays africains. À étudier les affaires qu'elle instruit, on pourrait déduire que les crimes contre l'humanité sont exclusivement couleur d'ébène. Je réfléchis et me demande comment moi, qui ne suis rien, qui ne possède rien d'autre que mon ordinateur, je peux quand même agir. D'autres et même plus jeunes y parviennent, je le sais, ils ont des noms et des visages dont on fait des slogans.

Depuis que je gère notre budget, j'ai accès aux comptes de mes parents. Factures à régler en ligne, impôts, emprunts, prélèvements mensuels, procédures de rejet, frais bancaires... Jour après jour, je mesure l'anxiété économique dans laquelle ils sont plongés, la glu sociale, une peine de précarité à perpétuité appliquée par une armée de logiciels au service de l'État ou de grandes entreprises privées. Un logiciel ne s'apitoie pas, il ne déroge pas aux règles. Il dresse des murs de zéros et de un, de oui ou de non, dicte ce qui est possible et ce qui ne l'est pas. Il ordonne où aller et où c'est interdit. Plus j'observe, plus je comprends ces machines numériques. Pas simplement des instruments de communication ou de partage mais des armes de soumission massive, des dispositifs de domination. Parfaits engins de contrainte, comparables en définitive à ceux sur lesquels papa et grand-père noircissaient leurs doigts à la Fabrique. Des armes.

La réponse d'Angel est arrivée avant l'aube. Ce n'était pas lui qui écrivait mais son oncle. Angel s'est laissé mourir. Son oncle me dit qu'il s'est inquiété pour moi et que jusqu'à la fin, il m'appelait « son amie de France ». Il était fier d'avoir une amie sur un autre continent. Il voulait être enterré avec une photo de moi alors son oncle a capturé l'image que j'avais mise sur le profil Facebook à travers lequel nous communiquions puis ils l'ont imprimée, et l'ont déposée dans le cercueil. Je ne leur ai pas dit que c'était une photo de mon arrière-grand-mère, celle qui transportait les messages de la Résistance. La guerrière.

J'éteins mon ordinateur en pensant à l'enterrement où grand-père m'a emmenée quand j'avais 7 ans. Allongée au fond de mon lit, les yeux plongés dans le regard froissé d'obscurité du monstre des Andes, je me rappelle ces paroles que j'avais écrites en rentrant de l'enterrement pour les apprendre par cœur : « N'oublie pas, ma petite Maud : il n'y a ni bonnes ni mauvaises armes. Au bout du compte, une seule chose importe. Rendre les coups. »

— C'est Raphaël, t'es sûre ?

— Oui.

— Et le gars ?

— Je ne sais pas. On ne voit jamais son visage.

— Pourtant, il a une copine, Raphaël…

Alban examine l'écran. Mal à l'aise, il observe les lèvres du fils de Marie autour d'un sexe d'homme.

— J'ai piraté l'ordinateur de Marie comme j'avais fait avec le blogueur qui avait insulté maman. Je lui ai envoyé un faux message de l'Urssaf, un fichier PDF vérolé qu'elle a ouvert et qui a installé un logiciel espion dormant. Je me suis arrangée pour que l'antivirus ne le détecte pas et utilisé un keylogger pour récupérer ses mots de passe. J'ai accès à son ordinateur à distance sans qu'elle s'en doute, comme si c'était le mien. Toutes ses messageries mail, ses fichiers persos, je les ai fouillés. J'ai rien trouvé de vraiment compromettant, alors j'ai tenté avec l'ordinateur portable de Raphaël.

— Pourquoi tu fais ça ? Il y est pour rien, Raphaël. Et puis ça se fait pas, Maud, d'espionner les gens.

— Ah oui ? Et pourquoi ça se ferait pas ? T'en as pas marre, toi, d'arriver toujours deuxième ? Qu'on se prenne des coups plein la gueule en permanence ? Tu crois qu'il attendrait si longtemps son jugement, papa, s'il était pas un pauvre gars dont personne a rien à foutre ? Tu crois que son dossier, au tribunal, il serait en bas de la pile si c'était le père de Raphaël ?

— Ça a rien à voir, Maud, tu mélanges tout, Raphaël, c'est un copain, il…

— Je mélange rien. Je rends les coups, comme dit grand-père, et tu sais quoi ? Ça fait du bien. Et ça peut être utile aussi. Si on fait rien, on va perdre notre maison, notre famille, tu comprends ça ?

Alban quitte ma chambre. En colère, troublé. Perturbé. Je ne le rejoindrai pas ce soir. Je dissimule mon identité en prenant une adresse IP étrangère. Iran. Je crée une messagerie anonyme sécurisée et j'envoie un mail à Marie depuis Téhéran. Un fichier vidéo. Rien d'autre. Son fils pratiquant une fellation en gros plan.

Le lendemain matin, au lycée, Raphaël est absent. J'attends de rentrer chez moi pour consulter ma messagerie anonyme en toute sécurité. Marie a répondu, elle demande ce qu'on veut. Je décide de la faire mariner et m'acquitte de mes nouvelles tâches familiales. Ménage, préparation du repas. Gestion des dépenses et des factures à payer, formulaire de demande de délai pour les prélèvements automatiques… J'effectue ces opérations en prenant mon temps, profitant d'une douce légèreté doublée d'exaltation à l'idée de retrouver mon ordinateur et sa connexion sécurisée.

Un nouveau message m'attend. Marie me supplie de ne pas divulguer la vidéo. Je sens sa panique de l'autre côté de l'écran. Pour unique réponse, je lui envoie un copié-collé de la liste des adresses Internet de tous les élèves du lycée et de leurs parents, obtenue en piratant l'ordinateur du secrétariat de l'école à l'insu de tout le monde. Le piratage de l'école m'a encore fait progresser dans ma compréhension des logiciels espions. Je m'améliore en programmation et parviens de mieux en mieux à pénétrer des infrastructures simples ou mal protégées. Je suis sidérée de la facilité avec laquelle j'opère, et en même temps une part de moi n'est pas étonnée. Je suis née avec le réseau. Nous grandissons ensemble, nous nous comprenons intuitivement du haut de notre jeune maturité. Peut-être mon cerveau est-il différent de celui de grand-père. Le mien fonctionne comme un navigateur Web, les concepts s'y organisent en arborescence et la réflexion par association d'idées, par mots clés. Je me connecte, j'ouvre le monde, j'emprunte ses passerelles et tout est proche, possible. Facile. Les pays les plus lointains deviennent des voisins. C'est un peu comme quand je faisais tourner ma mappemonde où l'éloignement entre les continents se résumait à la taille d'une main d'enfant. Avec le temps, je constate qu'à travers les images qu'elle véhicule et qu'elle produit, la Toile se nourrit de mes besoins et de mes désirs. Elle me comprend, me procure ce que je veux, ce que j'espère et puis elle le dépasse. Jusqu'à ce que je découvre que ses promesses sont des illusions, que le monde ne s'offre pas mais se paie. N'importe quoi peut être monnaie d'échange. Et si je l'écoute assez longtemps, le réseau finit par avouer qu'en même temps qu'il m'aliène, il me donne aussi des armes. J'accueille ces murmures numériques comme la petite fille a écouté les conseils de son grand-père le jour du premier enterrement auquel elle a assisté. Je n'éprouve aucune culpabilité à tourmenter Marie et son fils. Je me défends.

Les yeux dans ceux du monstre des Andes, assise en tailleur sur mon lit, je médite… Combien pour ne pas divulguer la vidéo de Raphaël ? Dix mille me semblent trop, 5 000 nous permettraient de tenir jusqu'au procès en honorant les traites de la maison. Au cœur de la nuit, quelques minutes après que j'ai formulé mes exigences, Marie accepte sans réclamer aucune garantie. J'ai d'abord pensé demander un paiement en bitcoins, anonyme, mais mon instinct m'a dicté de faire ça à l'ancienne. Face à face. Comme si malgré tout, la matière physique était l'ultime frontière, un indépassable auquel se confronter tôt ou tard. J'ai appris très jeune à ne pas remettre à plus tard ce qui pouvait être fait de suite.

Je pensais qu'il serait plus ardu de convaincre mon frère d'aller récupérer l'argent où l'aurait déposé Marie, mais la somme en jeu et la conscience de le faire pour continuer de payer l'avocat de notre père ont étouffé ses scrupules. La nuit suivante, lorsque la silhouette d'Alban disparaît dans l'ombre, j'éprouve un mélange d'inquiétude et d'excitation. À cet instant précis, je ne sais pas encore si je fais une erreur qui achèvera de plonger notre famille au fond du gouffre ou si je nous offre un sursis supplémentaire. Si mon frère reviendra avec de l'argent ou avec des gendarmes.

Il est 3 heures du matin. Ma mère dort, écrasée de fatigue à cause de son double emploi. Je suis assise devant la fenêtre de ma chambre, d'où j'aperçois les terrains à vendre et à construire. Des enfants y jouent parfois en rentrant de l'école. Les panneaux des agences immobilières sont aussi vieux que moi. J'ai appris à marcher et à faire du vélo dans une impasse, une rue qui ne représente rien pour moi. Je n'espère rien d'elle. Pas même des souvenirs. Je me suis toujours dit que le salut viendrait d'ailleurs. Ce matin, la vie m'a fait un cadeau. La newsletter de la Cour pénale internationale de La Haye à laquelle je suis abonnée mentionne l'ouverture d'une enquête sur un citoyen norvégien, Kristian Christiansen, jeune directeur général du think tank Greenworld, basé à Oslo. Kristian Christiansen est accusé de crime contre l'humanité. La nouvelle fait grand bruit car c'est la première enquête ouverte sur un citoyen européen et sur le sol européen. Un coup de tonnerre diplomatique à travers lequel la CPI tente de redorer son blason terni par une politique de mises en examen partisanes laissant soigneusement de côté les pays développés au détriment des nations africaines. Les éléments d'accusation de Kristian Christiansen ne sont pas encore communiqués par la Cour pénale internationale. Christiansen est un nom commun en Norvège, mais si commun soit-il, c'est pour moi celui d'un homme avec lequel mon arrière-grand-père a été en affaires. Anders Christiansen, magnat de la pêche à la baleine, sauvé par le marin breton Alban Morgan. Quelques recherches et je découvre que Kristian Christiansen est l'un des vingt-sept arrière-petits-fils d'Anders Christiansen.

Crime contre l'humanité. Lorsqu'ils sont ensemble, ces trois mots me font l'impression d'une idée si vaste qu'elle dépasse les mots censés la définir. La Cour pénale internationale de La Haye, ce tribunal sans frontières qui juge les responsables de génocides, crimes de guerre et crimes contre l'humanité, me passionne de plus en plus. La possibilité de la justice…

Au loin, quelque chose vient brouiller la pâleur de la nuit. Argent ou gendarmes ? Même l'obscurité, ici, manque de netteté. Notre futur proche approche, je suis calme. J'écoute mon cœur qui bat.

Des billets de 50, de 20, de 10. Usagés. Une avalanche de microbes déferle sur le Formica.

— D'où ça vient ?

— Marie, l'amie de maman qui dirige l'Athéna Fitness Club.

— Elle te l'a donné ?

— On lui a fait du chantage.

— Comment ?

— On avait une vidéo intime de son fils.

— Qu'est-ce que tu attends de moi, ma petite Maud ?

Aussi aisément qu'Alban s'était résolu à se faire le complice d'une extorsion de fonds, grand-père accepte de déposer l'argent sur son compte bancaire, de payer les traites de notre emprunt immobilier pour lequel nous avons trois mois de retard. Il ne pose aucune question, son regard m'ausculte avec de l'inquiétude mais aussi de la fierté. Il y a plus de vingt ans, grand-père faisait partie des ouvriers qui s'en sont pris à un actionnaire en visite à la Fabrique. Ils l'ont dévêtu. Au moment de lui baisser son slip, grand-père lui a murmuré que les ouvriers étaient chez eux ici et que s'il portait plainte il le retrouverait tôt ou tard et qu'il lui briserait les reins.

— Et tu as encore prévu d'autres actions de ce genre, ma petite Maud ?

— Non, grand-père.

— C'est bien. La vie, c'est comme le casino et la roulette, faut savoir s'arrêter à temps. D'accord ?

— Oui, grand-père.

Le lendemain, Raphaël retrouve le chemin du lycée, avec un air apeuré qui me rappelle celui de papa retournant dans sa cellule. Nos regards se croisent, je m'interdis de détourner les yeux, je souris et je marche vers lui.

— Tu vas mieux ? Tu étais malade ?

— Oui.

— T'as pas l'air bien. Qu'est-ce qu'il y a, Raphaël ?

Il retient ses larmes, serre la mâchoire, et il est encore plus beau.

— Merci, Maud.

— De quoi ?

— T'es la seule à avoir vu que j'avais des problèmes.

En guise de réponse, je lève ma main morte, tranchée à hauteur du poignet. Malgré les remarques des professeurs, je ne mets plus de prothèse.

— Quand je suis arrivée au collège, tu te souviens ? On s'est moqué de moi et tu es intervenu. J'étais fière, tu peux pas imaginer. Un grand qui me défendait…

— Je me souviens.

— Ça a tout changé pour moi. Plus personne m'a embêtée. Jamais. Si tu m'avais pas défendue à l'époque, peut-être que ça durerait encore aujourd'hui.

Raphaël sourit sans s'en rendre compte.

— Alors, tu vois, c'est plutôt à moi de te remercier.

Depuis, Raphaël me fait des petits signes dans la cour et lorsque nous nous croisons, il me demande des nouvelles de mon père. Je n'éprouve toujours aucune culpabilité envers lui et m'accommode parfaitement de mes petits arrangements avec la morale. L'argent volé ne fait pas défaut à Marie, il nous permet pour l'instant de conserver notre toit et de payer l'avocat qui a obtenu un jugement plus rapide.

J'observe les bancs vides, compte les rangées, multiplie par le nombre de sièges. Cent quatre-vingt-dix-huit. Jusque dans les yeux de mon père s'affiche une déception face à cette salle de tribunal désertée. Il n'y a personne d'autre à son procès que le juge, le procureur, l'avocat de la défense, un greffier et nous, sa famille. Maman, Alban, grand-père et moi sommes habillés comme pour un enterrement et ne remplissons même pas un rang. Alban est de nouveau prostré, ma mère inquiète. Quant à moi, je refuse la honte que voudrait m'imposer le regard du juge. Je dresse le menton encore plus haut. Pour la défense de mon père, son avocat plaide un faible niveau intellectuel.

— Les bêtises d'un gosse déscolarisé trop tôt qui préférait le sport aux études. Quelqu'un qui ne réfléchit pas, monsieur le juge.

Mon père acquiesce à tout et tout le temps. La sentence tombe sans prévenir, pourtant elle n'a rien d'une ondée de printemps : cinq mois de prison ferme. Mon père écoute sans trop comprendre qu'il est libre. La condamnation n'excédant pas la durée de sa préventive, il ne retourne pas en prison. Il a l'air d'un chien battu qui accourt à la voix de son maître. Le juge le sermonne, l'infantilise et mon père n'en finit plus d'opiner à s'en décrocher le cou. Il ne moufte pas, encaisse, endure l'humiliation. La seule chose qu'il veut, papa, c'est ne plus avoir peur de se faire tabasser, se prendre un coup de tête dans la cour de la prison.

Papa n'a pas prononcé un mot depuis qu'il est sorti du tribunal, communiquant à l'aide de sourires craintifs. Beaucoup de choses ont changé en son absence. Ses vêtements de marque ont été vendus, j'ai instauré le tri sélectif, un compost au fond du jardin. Nous avons obtenu un bon prix des deux téléviseurs qui ne polluent plus notre silence et nous mangeons de la viande une seule fois par semaine. Plus mon père avance dans la maison, plus sa silhouette se redresse.

— C'est beaucoup mieux comme ça, dit-il. Finalement il aura eu du bon, ce séjour en prison.

Nous rions et Alban pleure. Mon père le prend dans ses bras.

— Ça va, mon fils, ça va aller, c'est fini.

Papa caresse ses cheveux, croise mon regard. Je ne pleure pas, moi.

Partie II

Maîtresse en son royaume

— Soyez assurée, madame, que la banque fera tout ce qu'elle peut pour que vous gardiez votre maison, mais peut-être faut-il chercher une autre solution. Pourquoi ne pas vous installer chez des parents, par exemple ? Le temps que votre mari retrouve un emploi vous pourriez louer la maison afin de payer les mensualités. Réfléchissez-y, car ça ne peut pas continuer ainsi, dit le jeune conseiller bancaire.

En quittant l'agence, maman observe d'autres employés promenant leurs doigts sur les claviers, filles en tailleur, garçons en costume, tous très jeunes, bureaux blancs, habits noirs, vitres transparentes, tous sous le regard de tous. Elle murmure :

— Je connais plus personne ici… Personne… Ton grand-père, à l'époque il connaissait monsieur le directeur. C'est lui qui nous avait fait entrer dans cette banque… M. Dubois… Il nous conseillait bien… Enfin, c'est ce qui se disait…

Nous retrouvons mon frère et mon père qui attendent de l'autre côté de la place de la Fabrique, planqués dans la voiture comme des déserteurs pendant que les femmes affrontent l'ennemi à la banque.

Je pense aux parents de grand-père. Son père, Adrien, échappant sans gloire à la pendaison en 1944 sur cette même place tandis que sa mère, Madeleine, transportait les messages de la Résistance. Elle, c'était une guerrière, une vraie. Pas une de cinéma.

— Il faut déménager. Louer la maison.

J'ai dit ça sans réfléchir et il n'y a personne pour trouver à y redire.

— Où est-ce qu'on va aller vivre ?

— Démarre, papa.

Quelques jours plus tard, assise à l'avant de la fourgonnette Athéna Fitness Club prêtée par Marie, j'observe les toits d'ardoise du village de Sainte-Féréole, ses façades de pierres grises extraites des carrières du pays. Lorsque nous sommes allés chercher le véhicule, Raphaël a proposé de nous aider. Des bras appréciés car aucun des ex-collègues de mon père n'avait répondu à son appel. À la sortie du village, nous empruntons un chemin de terre au bout duquel un pli de terrain dévoile un corps de ferme abandonné à la mort de mes arrière-grands-parents. Je devine Raphaël décontenancé devant la rusticité de l'habitation que grand-père n'a eu ni l'envie ni les moyens de rénover. Bien résolu à fermer les volets de son enfance, grand-père revient néanmoins de temps en temps constater les infiltrations, les ardoises emportées par le vent, l'humidité grignotant la porte d'entrée. La ferme de ses parents est devenue le miroir de son propre corps assiégé de vieillesse, la moisissure se rapproche, rôde, s'installe, mais la bâtisse est toujours debout.

— C'est là que vous allez vivre ? me lâche à mi-voix Raphaël avant de franchir le seuil d'une maison froide en hiver comme en été. Au sol, ni chape ni isolation mais uniquement de la terre battue échappée d'un autre siècle.

Pendant que mon père manipule des volets qui lui restent entre les mains, je me souviens, ici, du temps de pépé et mémé. Les mouches avaient la politesse de ne pas entrer malgré la dizaine de vaches, les quelques cochons et les moutons que mes arrière-grands-parents avaient gardés jusqu'au bout. Nul rideau, nul répulseur, les mouches restaient suspendues en l'air aux abords de la maison, empêchées de pénétrer par une force invisible, décoctions mystères de fougères et de bruyères séchées que mon arrière-grand-mère faisait brûler. Un encens de paysan dont la vertu d'éloigner tout ce qui volait de l'intérieur de la maison devait disparaître avec la génération de mon aïeule.

— Quand on leur rendait visite, on repartait avec un parfum de bruyère dans nos vêtements et nos cheveux. Ça durait plusieurs jours, je ne voulais pas me laver les cheveux juste pour garder l'odeur.

Dans le sourire de Raphaël, je lis qu'il aime m'écouter. Lui aussi éprouve cette sensation que le temps passé ensemble n'est pas un temps perdu. Les images de sa sextape tournoient dans mon crâne, façonnant une zone mystérieuse dont j'ai d'abord cru qu'elle serait une barrière entre nous. Avant de découvrir que c'est un lien, si insolite soit-il. Raphaël approche de la commode où se trouvent encore les photos de famille. Aucune poussière. Peut-être un fantôme vient-il nettoyer en secret. Raphaël a attrapé une photo de moi à

2 ans. J'y ai mes deux mains. Il se trouble, pose son regard ailleurs comme s'il m'avait vue toute nue.

— Lui, là, avec ton grand-père, devant la porte, c'est qui, je le connais, je crois.

— Jacques Chirac.

Raphaël repose Jacques Chirac au milieu des souvenirs de famille. Il se demande si je suis une intrigante et j'aime ça. Surtout ne pas trop en dire, le laisser phosphorer avec l'image d'un président de la République, errer entre ces murs, faire la poussière, aérer la maison.

Grand-père s'assoit sur le banc de pierre où il voyait sa mère plumer les poulets lorsqu'il était enfant et nous regarde emménager. Il n'a manifesté aucun étonnement lorsque je lui ai demandé si nous pouvions aller vivre dans la maison de mémé et pépé. Nos affaires se mêlent à celles, intactes, de mes arrière-grands-parents. Décharger le peu que nous possédons ne prend pas longtemps. Papa et maman ont accepté de se séparer de tout ce que je jugeais inutile. À commencer par leurs trophées en zinc.

Une étrange douceur enveloppe nos premières semaines à Sainte-Féréole. On dirait que nous sommes spectateurs de nos gestes, ceux de ces autres nous-mêmes sur la planète lointaine à laquelle il m'arrive de songer, comme si nous dupliquions leurs mouvements avec un léger temps de retard, un différé qui rendrait tout irréel. La rudesse de notre nouvelle demeure dépourvue de chauffage nous projette non seulement dans un autre temps mais aussi dans d'autres corps, et nous rejoignons chaque soir nos ancêtres en nous installant là où ils s'asseyaient voilà plus d'un siècle, le cantou autour du feu, unique source de chaleur. On dirait que des générations de fesses ont creusé une ornière dans le bois du vieux banc, une empreinte collective qui est autant un refuge qu'un piège.

À notre arrivée ici, j'ai suggéré de nouvelles règles de vie. La première est qu'Internet ne doit servir qu'aux formalités administratives. En aucun cas à des loisirs synonymes de temps perdu. Exit encore les postes de télévision. Nous ne parlons pas davantage entre nous mais énormément à l'intérieur de nous. Papa fixe les flammes de la cheminée, puis, échouant à saisir le reflet qu'elles lui renvoient, il se lève pour remplir son verre au cul du cubi installé dans la cuisine. Ma mère ne le regarde plus, ne lui dit plus de ralentir l'alcool, sa tête à elle est une calculatrice échouant à équilibrer la colonne des dépenses et celle des recettes. La location de notre maison paie les mensualités de l'emprunt, dans vingt et un ans nous serons propriétaires d'un pavillon en parpaings et de son toit en Everite. C'est le conseiller bancaire qui l'a dit comme s'il nous félicitait. Vingt et un ans… Il ignore que l'association du musée de la Fabrique réclame plusieurs dizaines de milliers d'euros pour le vol des armes et le préjudice d'image. Maman essaie de ranger l'intérieur de sa tête, de pousser les chiffres dans un sens puis dans un autre, d'additionner l'argent de son salaire avec ce que lui donne Marie et de mettre cette somme en face de ce que demandera l'avocat pour ce nouveau procès. Tandis qu'elle continue de se démener dans son uniforme d'agent de sécurité la journée et de fitness le soir, papa soigne la maison, colmate les infiltrations, répare les vieux interrupteurs en porcelaine. Après ce qu'il a vécu en prison, il semble n'attendre rien d'autre de la vie qu'elle passe à présent sans lui donner trop de coups.

Pour mes 16 ans, j'ai demandé un cadeau à papa. En suivant des plans téléchargés sur le darknet, il m'a construit une antenne satellite amplificatrice de signal permettant une connexion Internet à faible débit sans adresse IP, utilisant une technologie de cryptage primitive qui réduit les pages Internet à des données extrêmement légères. Du matériel « ultra-basse technologie ». Quasiment intraçable, aussi désuet qu'interdit. Il l'a installée en haut du chêne où enfant il aimait grimper pour voir l'étendue des terres de notre famille. Papa est resté longtemps là-haut à rêver à je ne sais quoi. Il ignore l'utilité de ce dispositif relié à l'un des ordinateurs de ma chambre. Il ne pose aucune question. Depuis sa sortie de prison, il me parle comme si c'était moi l'adulte. Ses décisions sont soumises à mon approbation tacite. Maman a repéré notre fonctionnement. Elle ne dit rien mais je la sens de plus en plus rétive à l'emprise que j'exerce sur notre vie à tous. Invisible en haut du chêne, l'« antenne indienne » comme je l'appelle est réservée à des opérations spéciales. C'est depuis cette parabole que je décocherai un jour mes flèches à travers le monde.

Pendant les mois de détention, les médias régionaux se sont fait l'écho discipliné du procès, détaillant les charges retenues contre mon père. On l'a d'abord présenté comme un adulte irresponsable, intellectuellement limité, quelqu'un qui n'a jamais rien appris et qui ne sait pas faire la différence entre ce qui est bien et qui ne l'est pas, entre ce qui est vrai et ce qui est faux. Puis, pour saluer son retour à la vie civile après le procès on lui a fait endosser le costume du traître. Traître à la Fabrique et aux ouvriers qui y ont travaillé. Traître à la ville tout entière, puisque l'entreprise qu'il avait salie était la fierté du pays. Grand-père a cessé d'aller lire le journal au café comme il le faisait quotidiennement depuis qu'il était à la retraite. Mon père, lui, a lu et relu chaque article, se murant dans le silence, fuyant les regards des passants. Amis d'enfance, collègues, tous l'évitent, et dans la cour du lycée seul Raphaël nous témoigne encore une amitié indéfectible. Sa mère continue de faire travailler la nôtre. À la payer en espèces. Marie joue son rôle de meilleure amie mais je ne suis pas dupe. Elle feint la compassion et elle jouit. Elle avait détrôné ma mère, à présent elle l'enterre. Il faudrait partir, recommencer de zéro, a dit maman un soir face aux flammes. Partir, mais où ?

— C'est à La Haye que je veux aller.

Mes parents ne comprennent rien à ce que je leur dis. La Haye, ça n'a aucun sens pour eux. Ils ne savent même pas dans quel pays ça se trouve.

— Et qu'est-ce qu'on irait faire là-bas ? me demande maman.

Je ne réponds pas, je ne dis pas qu'il faudrait de l'argent pour aller vivre aux Pays-Bas. Beaucoup d'argent. Je ne dis rien mais j'y réfléchis. À l'argent. Comment en trouver. Pas juste pour payer l'électricité et l'essence au jour le jour mais pour vivre éternellement chez les riches, au milieu d'eux, ni vu ni connu.

Alban est courbé sur son bureau, plongé dans son travail avec ce même regard inquiet que lorsqu'il bataillait sur la piste de course pour tenter de rattraper celui devant. Il n'ose pas encore le dire à papa et maman, mais il m'a confié qu'il veut faire des études. Une grande école. Il l'a dit avec une crainte, comme si j'allais me moquer.

— Moi aussi, j'ai un rêve, je lui réponds.

— Lequel ?

— La Cour pénale internationale.

— À La Haye ?

— C'est ça que je veux faire plus tard.

— Tu veux être juge ?

— Oui, enfin je sais pas, ou autre chose mais là-bas.

— C'est quoi, les études pour y arriver ?

— Du droit international. Droit pénal…

— C'est dur ?

— C'est cher.

Depuis qu'il a arrêté les compétitions d'athlétisme, Alban s'est rapproché de Raphaël qui vient souvent chez nous après l'école. Raphaël aime la maison de mes arrière-grands-parents, si différente de la sienne où la chaleur des radiateurs endort le corps et l'esprit. «Chez toi, la température me réveille le sang», m'a-t-il dit alors que je craignais qu'il ne fasse trop froid pour lui. À 16 et 17 ans, nos douze mois d'écart ne sont plus un mur infranchissable comme avant mais une toile d'araignée à travers laquelle nous nous observons. Prêts à plonger dans les fils qu'elle tisse. À moins que je ne me raconte des histoires d'adolescente. Hier, assise sur le banc où mon arrière-grand-mère plumait ses poulets, j'offrais mon poignet amputé à la caresse du soleil en lui parlant de Kristian Christiansen mis en examen pour crime contre l'humanité par la Cour pénale internationale et de ce que je souhaitais faire de ma vie. Raphaël a voulu toucher les sutures de ma blessure. Je l'y ai autorisé. Il a trouvé la cicatrice douce et j'aurais aimé qu'il l'embrasse mais il ne l'a pas fait. Il m'a demandé pourquoi j'avais accroché le portrait du monstre des Andes au-dessus de mon lit et je me suis un peu embrouillée dans ma réponse. Je lui ai d'abord dit que c'était une provocation, une manière de reconquérir quelque chose face à ce que les flics avaient fait de ma chambre après l'arrestation de papa. Puis j'ai avancé l'idée que c'était peut-être aussi pour garder à l'esprit que ce tueur était vivant et libre. Pour ne jamais oublier que le monde était un endroit dangereux et insupportable, injuste, peuplé de bourreaux centenaires, et je me suis perdue dans des exemples sans fin de tortionnaires impunis, détaillant leurs méfaits avec une avalanche de précisions. Raphaël m'a demandé si le monstre des Andes me fascinait. Je n'ai pas répondu et il m'a embrassée.

Le lendemain, dans la cour de récréation, il m'a dit que lui aussi avait affiché le portrait d'un tueur au-dessus de son lit. On a joué aux devinettes, j'ai passé au crible tous les serial killers, mass murderers, génocidaires et dictateurs de l'histoire avant de déclarer forfait. Nous sommes allés chez lui et j'ai vu une affiche de la campagne présidentielle de 1995. Jacques Chirac, sourire charmeur ou carnassier, c'est au choix. Raphaël a rigolé de sa bonne blague. Il m'a dit que c'était un peu Jacques Chirac qui nous avait réunis.

Grand-père lui-même a fini par révéler à Raphaël son lien avec Chirac, qu'il appelle par son prénom, Jacques. Pas pour se valoriser comme le font beaucoup. Lui et Jacques se situaient presque aux extrêmes sur l'échiquier politique et sur l'échelle sociale, mais il y avait un respect entre eux, qui n'était pas une illusion. Pendant la Seconde Guerre mondiale, la famille Chirac est venue se réfugier à Sainte-Féréole, où vivaient les grands-parents maternels du futur président de la République. Grand-père et lui étaient devenus camarades et le Président est resté un ami, lointain, très lointain. Mais quand même un ami. J'ai observé le sourire discret de Raphaël et compris qu'il était déçu. La réalité était en deçà de ce qu'il avait imaginé. Rien d'extraordinaire finalement, pas de quoi faire une série TV avec des rebondissements et du drame. Moi, elle me convient, cette réalité, elle me place une fois encore à portée du monde : grand-père a joué avec un petit garçon qui aura côtoyé les hommes les plus puissants de la planète. Il y a si peu de poignées de main entre eux et nous.

Kristian Christiansen a 33 ans. Il est à ce jour le plus jeune individu mis en accusation par la Cour pénale internationale de La Haye pour crime contre l'humanité. Sur la photographie relayée par les sites d'information il n'est ni beau ni laid, ni viril ni efféminé, ni franc ni torve mais un peu tout ça à la fois. Kristian est l'un des vingt-sept arrière-petits-enfants du magnat de la pêche à la baleine Anders Christiansen, l'argentier des expéditions auxquelles a participé mon arrière-grand-père. Ce lien, je le scrute dans ma tête comme une carte au trésor.

Je consulte une série d'articles où j'apprends que le grand-père de Kristian, Alexander Christiansen, fils d'Anders, a bâti un empire grâce à l'exploitation de mines de fer dans les hautes terres du Nord, à la frontière suédoise. L'exceptionnelle qualité ferreuse des gisements norvégiens en a fait l'un des fournisseurs privilégiés des forges allemandes Krupp, dont l'acier a alimenté deux Reiche et autant de guerres mondiales. À l'âge de 21 ans, parallèlement à des études de droit, philosophie et sciences politiques à Polytechnique et à Oxford, Kristian Christiansen fonde le think tank

Greenworld, un laboratoire d'idées consacré à l'économie des zones de guerre. Depuis des bureaux installés dans les quartiers d'affaires de la capitale du pays élu «le plus pacifique et le plus démocratique du monde», Greenworld étudie l'évolution des conflits armés contemporains, ceux qui se déroulent dans l'hémisphère Sud. Avec pour objectif de déterminer le degré de risque et la pérennité d'investissements financiers dans les territoires les plus dangereux du globe, les pays en guerre. Greenworld compte parmi ses «clients» des fonds de placement et des entreprises européennes, chinoises, américaines, russes. Certaines sont cotées en Bourse, d'autres sont plus modestes ou discrètes, toutes sont soucieuses d'étendre leur influence, le plus loin, le plus vite possible. Le plus longtemps.

— Maud, viens...

Les murmures de mon frère percent la nuit. Je quitte mon ordinateur, traverse sur la pointe des pieds la cuisine séparant nos chambres. Des grains de tourbe se glissent entre mes orteils, me rappelant que la maison est construite à même la terre. Nul intermédiaire, nulle isolation entre nous et le sol, nulle frontière. Au-dessus de ma tête le plancher se résume à des lames de chênes centenaires sur lesquelles dorment nos parents. J'entends leurs respirations. La vieille maison assoupie laisse circuler la chaleur et les sons comme si nous étions dans une même pièce. Chaque nuit, depuis la libération de papa, je guette les bruits qui trahiraient leur intimité. Mais rien. Rien sinon la forêt toute proche, le vent et les bêtes qui s'aventurent jusque devant notre porte. Une fois, j'ai cru les entendre, reconnaître des halètements étouffés. Il s'agissait de sanglots. Ceux d'un homme. Depuis que mon père est sorti de prison, il n'entre plus à l'intérieur de ma mère.

J'essuie mes pieds avant de me glisser sous les draps. Papa n'a pas encore rafistolé le volet de la chambre d'Alban, une rumeur de lune entre, effleurant les contours de nos visages. Celui de mon frère est exalté.

— Tu te rappelles, quand on était petits, comment papa appelait ici ? Le nom qu'il donnait au village. À la place de Sainte-Féréole, il disait Santa-Fé. Il trouvait que ça faisait mexicain, il disait « Allez, direction Santa-Fé ! », tu te souviens ?

Des souvenirs refont surface de quand nous allions voir mémé et pépé. Papa nous déguisait. Alban en cow-boy, moi en Indienne. Ni arc ni pistolet, on ne s'affrontait pas. On explorait le territoire, la forêt. J'étais si petite. Papa racontait que les arbres étaient des cactus, il hennissait pour que le vieil âne se transforme en cheval sauvage et on riait.

— Papa disait « Ici, à Santa-Fé, il y a un trésor ». Moi j'y croyais pour de vrai.

— C'est pour me dire ça que tu m'as appelée ?

Alban allume la torche de son téléphone et soulève son oreiller sur un drap taché de soleil, des cercles d'or comme des pétales de tournesol.

— T'as trouvé ça où ?

— Dans les bocaux de mémé.

— Comment ça ?

— Les conserves de fruits qu'elle faisait. Il y en avait encore plein. Dans la cave. Trop vieilles. Papa allait les jeter alors je les ai mis de côté. J'ai goûté une pêche au sirop. C'était dégueulasse mais j'ai trouvé une pièce à l'intérieur. À la place du noyau. Je t'assure c'est vrai. J'ai ouvert tous les bocaux et il y avait une pièce cachée dans chacun des fruits.

— Il y en a combien ?

— Trente-trois.

Je me penche sur les pièces, vieilles, lourdes, dorées, frappées d'un profil sévère. Vingt francs.

— Tu les caches et tu dis rien.

— Pourquoi ?

— S'ils ont du fric entre les mains, même qu'un peu, ils vont encore faire n'importe quoi.

— Tu crois qu'il y en a pour beaucoup ?

— Je sais pas.

— Ça pourrait payer nos études. Et puis peut-être il y en a d'autres, cachées quelque part !

J'abandonne Alban à ses rêves de trésor mexicain. Je retourne dans ma chambre en emportant une pièce. Je gratte le métal au cutter, m'assurant que ce n'est pas du plaqué. Je cherche sur le Net et ne tarde pas à identifier un napoléon de 1813 d'une valeur de 700 euros.

Papa enfile le même uniforme que maman. Il est gardien de nuit dans le supermarché dont elle assure la sécurité durant la journée. Ma mère a tanné son chef d'équipe pour qu'il l'engage, allant jusqu'à supplier comme elle ne l'aurait jamais fait pour elle-même, à dire qu'elle ne demanderait plus rien, accepterait tous les changements d'équipe de dernière minute, toutes les heures sup mais que son mari avait absolument besoin d'un travail. Sinon, il ne s'en remettrait pas. Son supérieur a eu pitié et ne lui a demandé qu'une chose : faire profil bas afin que l'on ne sache pas que sa société a embauché un ancien taulard.

Maman embrasse papa qui va faire sa première nuit, habillé comme elle. Alban et moi ressentons une bouffée d'amour mélangée à de la tristesse en suivant des yeux la silhouette de notre père. Le X impeccable de ses épaules n'est plus qu'un souvenir affaissé. Le véhicule s'éloigne et maman annonce qu'elle quitte papa. Elle attendait qu'il ait un emploi pour s'en aller. Elle nous informe que la banque a finalement racheté la maison. Pour rien, ou si peu. Juste de quoi payer les dommages et intérêts demandés par la Fabrique et stopper le procès intenté contre mon père. Elle n'ose pas me regarder. Elle devine que je suis furieuse de n'avoir pas été informée de la vente de notre seul bien. Alban s'apprête à prendre la parole et je sais qu'il va parler de l'or de mémé et pépé, leurs économies qu'il a découvertes. Sûrement, pense-t-il, et probablement à raison, que cela pourrait retenir maman. Au moins pour un temps.

— Alban ! Tais-toi !

Alban se ravise et maman me regarde sans comprendre pourquoi j'ai crié. Elle ne me demande rien. Voilà longtemps qu'elle ne comprend plus vraiment sa fille, alors à quoi bon.

Maman va vivre dans un appartement que lui prête Marie. En attendant… Quoi ? Elle ne sait pas encore. Un studio trop petit pour nous emmener. Il vaut mieux que nous restions ici, poursuit-elle. On verra plus tard. On s'organisera. Elle dit aussi qu'elle continuera d'aider papa. Mais vivre avec lui, comme ça, elle ne peut plus. Je ne dis rien. Je n'exprime rien. Maman a quelque chose pour moi. Elle me tend un document que je reconnais. Je l'ai longtemps espéré mais il arrive tard. Le dossier que sa mère lui a donné après l'enterrement de mon arrière-grand-père. L'explorateur en Antarctique. Faux manchot, mutilé de pacotille mais vrai traître avec qui j'ai cru un jour partager ce qui me différenciait des autres, un membre fantôme.

— Tiens, Maud, tu es assez grande maintenant.

Elle dit ça comme si elle attendait un remerciement, une marque d'affection. J'attrape le dossier avec la seule main qu'il me reste.

— T'attends quoi, là ? Que je dise merci maman ?

— Je pensais que ça te ferait plaisir. Que c'était important pour toi…

— Plaisir ? Non mais t'es vraiment aussi conne que ça ?

— Mo, je vous abandonne pas, je…

— Maud ! Je m'appelle Maud ! M.A.U.D.

C'est moi qui la quitte. Je disparais dans ma chambre. J'allume l'ordinateur connecté à l'antenne indienne et me dissimule sous des pseudos qui sont des peintures de guerre. Pedro Alonso Lopéz règne au-dessus de mon lit, je navigue sous son courroux pendant qu'Alban aide sa mère à faire ses valises. Doubles identités, sexualités cachées, déviances, malversations… Depuis plusieurs semaines je fouille des avatars sur les réseaux sociaux et lance mes logiciels espions à travers la France, plongeant à la poursuite des secrets d'anonymes dont je pirate les messageries. Le problème n'est pas de trouver des cibles mais le traitement des informations. Trier, choisir. Évaluer les risques. Décider qui surveiller. Tout le monde dissimule quelque chose. Tous coupables et la nuit pour juge.

Papa est de retour avec l'aube, abattu par le départ de maman qui l'en a informé d'un SMS. Je ne lui demande pas si elle a agrémenté son message d'un smiley tout triste versant une larme. Ce qu'elle a fait, je n'ai aucun doute là-dessus. Je prends mon père dans mes bras, serre aussi fort que je le peux.

— Ne t'inquiète pas, papa. Je m'occupe de tout.

Sur la table de la cuisine l'attend un petit déjeuner de roi.

La signature de Sa Majesté la reine de Norvège, merveille de calligraphie, ressemble à un serpent marin enroulé sur lui-même, enlacé d'algues et de fleurs des océans. Rédigé en norvégien et en anglais, le document que m'a remis ma mère est un acte officiel établi par la royauté au palais de Charlottenlund. Il octroie à mon arrière-grand-père la concession d'une parcelle de 1 kilomètre carré situé sur la face septentrionale de la chaîne de montagnes des Sept Lunes d'argent. En remerciement « d'inestimables services rendus au royaume et au peuple de Norvège, au péril de sa vie, au sacrifice de ses mains ». La référence aux mutilations d'Alban Morgan épaissit le mystère. Le nom de mon ancêtre à côté de celui d'une reine provoque une accélération de mon rythme cardiaque. Mon imagination appelle les paysages polaires et je laisse le cœur s'emballer. Qu'il m'emporte où il veut, je le suivrai. D'autres documents accompagnent la concession, dont une copie du traité de l'Antarctique établi en 1959 ainsi que le protocole de Madrid de 1998 interdisant l'exploitation des ressources minières australes et désignant le continent blanc comme une

« réserve naturelle consacrée à la paix et à la science où seules les activités pacifiques sont autorisées ». Dernière *terra nullius* – terre sans maître – de la planète, l'Antarctique n'appartient à aucun État, mais quelques pays se partagent le droit à la revendication de territoires délimités d'un commun accord. Une forme de possession sans la propriété. Je détaille chaque paragraphe de la concession. Aucune limite de durée. Transmissible aux descendants d'Alban Morgan par voie testamentaire. Nulle condition entre les descendants et le royaume de Norvège à l'exception d'un avenant stipulant qu'un héritier doit effectuer un voyage sur les terres de la Reine-Maud au cours des quatre-vingt-dix-neuf années consécutives à l'établissement de la concession. Faute de quoi le droit à la revendication du kilomètre carré reviendra au royaume de Norvège. Je calcule. Il me reste exactement seize ans, mon âge, pour me rendre en Antarctique.

Les documents suivants sont des crayonnés de la faune et de la flore australe réalisés par mon ancêtre sur un papier plus ancien encore que celui de la concession. Des légendes indiquent les noms savants des choses de la mer. J'admire les dessins de *Chlamydomonas nivalis*, communément appelé algue des neiges, d'*Hydrurga leptonyx* ou léopard des mers, mais ce sont les esquisses de *Trematomus bernacchii* qui me saisissent, le poisson des glaces aux écailles de pourpre et d'argent. Ses yeux aveugles sont des miroirs de nuit sans iris ni pupille, insondable obscurité trouée d'éclats rares et diaphanes. Un frisson me cueille devant d'autres pages, écrites par Alban Morgan, extraites de son journal intime. En haut à gauche, une mention, ajoutée plus tard semble-t-il : À mes descendants.

Le docteur Magnus Henriksen est venu bander mes mains avant ma rencontre avec Sa Majesté la reine de Norvège. Tandis que le docteur enroulait des lacets de cuir autour de mes doigts afin de comprimer mon poing, M. Anders Christiansen m'a expliqué que Sa Majesté la reine Maud, née princesse de Galles, savait mes mains intactes. Elle, mais aussi la Cour et le gouvernement n'ignoraient rien de ma bravoure en terre australe. L'idée du simulacre a fleuri dans l'esprit du roi Haakon VII lui-même lorsque M. Christiansen, ami du monarque et armateur de l'expédition, a raconté l'aventure à laquelle il a survécu et formulé une requête. Ma requête. Le roi a obtempéré, précisant que « le sacrifice devait être à la hauteur de la récompense, sinon le pays ne comprendrait pas », et il a été décidé de me trancher les mains. Ou plutôt qu'elles disparaissent le temps de la cérémonie. Le docteur de la famille royale appliquait consciencieusement les bandes, fabriquant de faux moignons sans parvenir à réduire la longueur de mes bras. Le résultat s'annonçait risible, la cérémonie une pitoyable parodie. Pendant que le docteur transpirait, je me suis souvenu de notre amerrissage en catastrophe sur la calotte glaciaire quelques années plus tôt. L'hydravion de Jonas Mikkelsen avait survolé une chaîne de montagnes gelée dont on devinait qu'elle se poursuivait sous la mer. Nous devions montrer à M. Christiansen l'étendue du territoire pour lequel il investissait ses capitaux : de nouvelles zones de pêche à la baleine mais aussi les populations de phoques par millions en migration vers le pôle et qui constituaient des richesses considérables. L'avion a émis ses premiers souffles d'épuisement pendant que M. Christiansen parlait de « grandes cités qui s'élèveraient un jour ici, des villes entières qui célébreraient la victoire de l'homme sur le territoire». L'avion a piqué vers le sol, victime d'une avarie du moteur, et Jonas Mikkelsen a accompli un exploit en nous posant sur la poudreuse, brisant le train d'amerrissage contre des arêtes de glace. Il ne fallait attendre aucun secours, car l'enthousiasme des scientifiques du voyage, désireux de plaire à M. Christiansen, nous avait éloignés de notre plan de vol. Nous pouvions être partout, nous étions nulle part et le seul explorateur susceptible de nous retrouver était à nos côtés. C'était Jonas Mikkelsen lui-même. Il vint me voir alors que tous se reposaient. Malgré les conditions climatiques, il me demanda de le suivre et tandis que nous nous éloignions en direction d'un tertre de glace pour nous mettre à l'abri du vent violent, je réfléchissais à la situation. J'étais le seul homme à tout faire d'un vol censément d'agrément. Mes compagnons d'équipage étaient des scientifiques qui étudiaient le monde à travers la visée d'un microscope et des hommes d'affaires pour qui la matière physique, vivante ou inerte était une donnée comptable, une abstraction. Tous ici étaient aussi inutiles les uns que les autres. Certains étaient blessés. Ma valeur avait monté de bien plus d'un cran. Jonas Mikkelsen me demanda si le fusil était accessible et s'enquit du nombre de cartouches disponibles. Ma réponse parut lui convenir. Il m'annonça que nous n'avions de la nourriture que pour trois jours et qu'il estimait à trois semaines le temps nécessaire pour réparer afin d'espérer pouvoir redécoller, tant les conditions climatiques ralentiraient le travail. Il sembla un instant écouter le vent comme s'il entendait un bruit de moteur mêlé au sifflement du blizzard puis baissa la tête et m'indiqua qu'il venait de s'entretenir avec M. Christiansen. Ils avaient pris une décision. La seule possible. «There is no alternative», murmura-t-il. Je ne lui demandai ni la nature de leur décision ni la teneur de leur entretien. Je savais. Il y eut un silence pendant lequel nos regards ne se croisèrent pas. J'observais le continent blanc. L'enfer blanc. Nulle ombre, nul obstacle, nul ennemi. J'allais probablement mourir. N'en éprouvais aucune émotion. Ici j'avais ma place. Une place. Ici j'étais quelqu'un. Ici un héros de l'aviation et un magnat du royaume de Norvège étaient mes égaux. Je pris le temps de regarder le plus vaste désert du monde, nulle fin nulle part, l'horizon était à inventer et l'histoire ne dépendait que de moi. J'ai dit « Qui ? ». Jonas Mikkelsen a répondu « Tous ». J'ai questionné « À l'exception de M. Christiansen ? ». Il n'a rien ajouté, la réponse était évidente. Je suis retourné dans la carlingue. Je ne sais s'il a entendu les coups de feu. Nous n'en avons jamais parlé.

Trois semaines plus tard, un hydravion rafistolé survolait péniblement la banquise. Nous n'étions que trois et pas un de plus n'aurait pu survivre tant nos rations étaient restreintes. M. Christiansen s'est approché de moi tandis que je fixais l'inlandsis qui défilait à travers le hublot. Il murmura « Moi aussi, j'ai tué pour survivre. C'est ainsi que l'on trace son chemin dans l'existence : en tuant des hommes. Et si j'ai un jour un fils, c'est ce que je lui apprendrai. À tuer, d'une manière ou d'une autre ». Il me demanda combien je voulais. Je regardais le territoire qui s'évadait derrière la vitre. Je ne voulais ni argent ni gloire, juste un peu de cette glace sous laquelle j'avais plongé sept corps et je lui ai demandé une concession de 1 kilomètre sur 1 kilomètre. M. Christiansen m'a répondu qu'il connaissait le roi Haakon VII et qu'il interviendrait en ma faveur. Je ne me suis pas retourné mais j'ai éprouvé la nature du regard que l'armateur portait sur moi. Le respect.

Ce n'est pas cela qui soudain me grandissait. Ce qui me grandissait, c'était que ce respect n'était pas réciproque.

La dernière page du dossier que ma grand-mère avait remis à ma mère était aussi écrite de la main d'Alban Morgan. Des décennies après, l'écriture était plus incertaine et la langue, le breton, suivi d'une traduction en français. Il s'agit d'un testament par lequel Alban Morgan, déclaré sain de corps et d'esprit par sa famille et les autorités médicales, lègue la concession de 1 kilomètre carré située sur la face septentrionale de la chaîne de montagnes des Sept Lunes d'argent à son arrière-petite-fille Maud.

Le globe terrestre affiche des couleurs puissantes, celles d'avant les impressions numériques et le règne du plastique. Depuis ma plus lointaine enfance, j'ai toujours éprouvé une délicieuse sensation glacée à la simple vision du pôle Sud. Un éclat, une lueur de givre jusque dans mon sang.

21 h 30. Alban, mon père et moi sommes dans la cuisine. Mon frère a déposé le globe au centre de la table et lorsqu'il a fait cela, je lui ai trouvé une ressemblance avec papa quand il nous dévoilait les armes illégalement acquises. Un air de famille aux accents de conspiration. Notre père reconnaît la tirelire-monde. Il ne nous demande rien, la tristesse et l'alcool ont érodé sa curiosité. Je manipule la Terre, dévisse la bonde, l'argent s'évade. Au milieu des billets et des pièces, certaines, plus jaunes, plus lourdes, plus intenses, capturent le regard de papa. Il tend la main, soupèse.

— Ce sont des napoléons, des louis d'or.

Mon frère me coupe la parole.

— Y en a trente-trois et y coûtent chacun entre 500 et 900 euros ! Y en a minimum pour 17 000 euros ! dit Alban.

L'or dégrise immédiatement papa. Autant physiologiquement qu'existentiellement, comme si nous pouvions racheter un peu de sa tristesse à coups de louis d'or. Il ne pose aucune question, se tourne vers moi, écoute. Je m'exprime doucement, j'avance mot à mot. Ce que j'ai à dire, là où je dois l'emmener, je veux qu'il le comprenne par lui-même. Qu'il se le formule avant que je ne l'énonce. Je raconte d'abord les napoléons, cachés par nos arrière-grands-parents qui avaient davantage confiance dans le bon sens paysan que dans les banques aux dents d'acier. Un trésor que la mort subite de mémé et la mémoire marécageuse de pépé auront condamné à un purgatoire de glucose au fond des bocaux de fruits au sirop. Je détaille mes recherches sur les sites spécialisés afin d'identifier les pièces. Déterminer leur valeur. Beaucoup de Français investissent dans l'or. Et une grande partie le conservent chez eux... Chez eux... Je laisse enfler les points de suspension pour que papa digère cette donnée. Je précise ensuite comment le métal précieux passe de main en main, disparaissant des radars du fisc dans les héritages, réapparaissant sur les sites de vente en ligne, déposant sur la Toile une traînée d'or aussi visible que les cailloux du Petit Poucet pour qui sait lire entre les mégaoctets. Je fais miroiter un bas de laine estimé à 3000 tonnes d'or privé réparties entre les coffres de banques inviolables – « Sauf par les banquiers eux-mêmes », précise Alban – et les domiciles des particuliers qui dissimulent leurs richesses chez eux. Sous la terre, dans la cave. Ou dans des bocaux de pêches au sirop, à la merci du premier gourmand venu ! Mon frère a un fou rire nerveux à l'idée de sa gloutonnerie.

Ma main rejoint celle de mon père. Je caresse tendrement son poignet à l'endroit où le mien a été tranché. Nous restons longtemps ainsi, corps immobiles, esprits vagabonds, nos regards réunis sur notre tas d'or. On dirait que le globe a chié sur la table.

— Dis donc, ça en fait, une somme, finit-il par dire.

— Il reste aussi un peu de l'argent de Marie.

— L'argent de Marie ?

— Maman ne t'a rien dit ?

— Non.

— Et grand-père non plus ?

— Non… De quoi tu me parles, Maud ?

Je feins d'être obligée de tout lui raconter et je déballe le piratage du mail de Marie, l'ordinateur de Raphaël, la vidéo, le chantage et l'argent récupéré par Alban.

— Vous n'auriez pas dû prendre ces risques.

— On a fait ça pour te sauver, papa. Pour payer l'avocat. Accélérer ta libération.

— Cet or, que mémé avait caché… Il va nous permettre de nous en sortir, murmure papa comme s'il se parlait à lui-même.

— Oui mais ça ne durera qu'un temps. Si on en trouvait d'autres… ça changerait beaucoup de choses. Maman reviendrait…

Je prends mon temps comme si je ne voulais pas vraiment lui en parler. D'abord fatiguer la proie.

— J'ai fait des recherches.

— Des recherches ?

— Oui.

— Avec ton antenne indienne ?

— Oui.

— Et elles consistent en quoi, ces recherches…

— À trouver des gens comme pépé et mémé. Des gens qui cachent leur or chez eux.

— … Et tu en as trouvé ?

— Oui.

— Beaucoup ?

— Beaucoup.

— Par exemple ?

Je récite un texte scrupuleusement appris. Je parle sur un rythme régulier. La monotonie des phrases a pour objectif d'endormir toute résurgence de sens moral. Un vrai discours de technocrate.

— Par exemple, Jean-Pierre Maillard. Soixante-neuf ans. Né à Apremont-la-Forêt, dans la Meuse. Lorraine. Ouvrier métallurgiste à Metz chez PSA toute sa vie, fils de Lucien Maillard, lui-même ouvrier dans la même usine. Il se marie avec Denise Poitrau en 1967. L'année du Biafra.

— Du quoi ? demande Alban.

— Ils ont deux enfants, une fille et un garçon, qui travaillent à Verdun et à Thionville. À la retraite, ils sont allés vivre à Apremont-la-Forêt avec la mère de Jean-Pierre qui a 91 ans. Une maison isolée au milieu d'un bois d'épicéas. À part leurs petits-enfants pendant les vacances scolaires et une visiteuse médicale deux fois par semaine, ils ne reçoivent personne ou presque. Le seul souci est la présence d'un chien. Un braque allemand du nom de Buck.

— Comment tu sais ça ? m'interroge Alban.

— Je suis entrée dans l'historique de l'ordinateur de Jean-Pierre. C'est un gentil.

— Et ça suffit pour savoir si quelqu'un est gentil, d'entrer dans l'historique de ses recherches ? dit Alban tandis que papa mijote en silence.

— Oui, ça suffit... Avant d'acheter des pièces, Jean-Pierre a consulté les sites d'achat et de revente d'or pendant des mois, sans protection ni VPN, il ne prend aucune précaution, c'est un naïf. Un indécis.

— Il a beaucoup d'or ? questionne Alban.

— Il possède une vingtaine de napoléons, un lingot d'argent de 15 kilos, et aussi des souverains anglais mais je sais pas combien. Je dirais qu'il y en a pour 30 000 à 40 000 euros.

— Comment tu sais que c'est chez lui ? continue Alban comme s'il récitait une poésie. Que c'est pas à la banque dans un coffre ?

— Il a consulté tous les sites qui expliquent comment cacher son or chez soi. Et des sites de vente de coffres personnels mais il en a acheté aucun. Il s'est renseigné pour faire une donation de métaux précieux à ses enfants sans aucun droit de succession, mais il a encore rien rempli. Il a téléchargé le document mais il ne l'a pas imprimé. Je n'ai aucun doute, c'est chez lui.

— C'est sans risques ? conclut Alban en un numéro parfaitement huilé.

— Rien n'est jamais sans risques, mais on peut les limiter.

À mon père de parler. Ou pas. S'il poursuit la discussion, quoi qu'il dise, qu'il approuve ou pas, c'est qu'une partie de lui, si infime soit-elle, est prête à franchir la ligne de partage entre eaux légales et illégales. Le conduit de la cheminée halète, on dirait une bête. Papa, Alban et moi écoutons le vent perdu à l'intérieur des murs de pierre sèche comme s'il portait un message. Le vent qui entre quelque part finit par en ressortir, c'est une loi de la nature. « La vie trouve toujours un chemin », dit grand-père.

— Si je résume et si j'ai bien compris, se décide mon père après un long silence, vous me proposez d'aller voler les économies d'un couple de retraités ?

J'acquiesce. Et j'embraie :

— Y a rien d'extraordinaire à ça. Certaines sociétés privées d'Ehpad, les fonds de pension, les assurances font pareil. Les vieux, ils les appellent l'or gris. Si tu veux trouver une bonne raison pour éteindre tes scrupules, considère que si c'est pas toi qui les dépouilles, l'or des vieux finira dans les coffres de sociétés cotées en Bourse. Et nourrira les dividendes de leurs actionnaires.

L'argument peut paraître léger mais il n'a pour objet que de relativiser le recours au pire. De donner une excuse à papa afin qu'il s'en serve comme d'une béquille. Il en aura besoin. Ce matin, je me suis fait la réflexion que si mon arrière-grand-père avait refusé de tuer ces hommes en Antarctique, pour économiser de la nourriture, Anders Christiansen serait mort là-bas et Kristian Christiansen ne serait pas né. Le think tank Greenworld n'existerait pas. J'ai d'abord éprouvé une culpabilité, comme si j'étais responsable du crime de mon ancêtre, et par ricochet des actes de Kristian Christiansen. J'ai imaginé envoyer mes recherches dans la corbeille de l'ordinateur, effacer ces proies sur la peau desquelles je veux nous enrichir. Mais je me suis reprise, persuadée qu'aucune ligne distincte ne subsiste nulle part, rien n'explique rien. Si Kristian Christiansen n'existait pas, un autre agirait de la même manière. Je m'en suis convaincue et j'ai senti mon ventre s'alléger d'un poids qui encombrait jusqu'à mon esprit. À 16 ans, je ne crois plus qu'à cette pulsion qui nous pousse à tenter de nous raccrocher à tout ce qu'on peut pendant la chute, à n'importe qui, n'importe quoi. Sans savoir si c'est pour entraîner quelqu'un d'autre au fond ou pour tenter de se sauver soi-même.

— Je prends pas le risque de replonger, Maud. Je retourne pas en prison… Je pourrais pas…

— Si on fait comme je dis, ça n'arrivera pas.

— Et c'est quoi, comme tu dis ?

— Des règles à suivre. Ne s'en prendre qu'à ceux qui ne peuvent pas rendre les coups, d'aucune manière. Pas ceux qui ont beaucoup d'argent et savent se protéger mais ceux qui en ont juste un peu et sont incapables de se défendre. Suivre un planning. Savoir arrêter quand il le faudra.

J'observe le visage de mon père, baromètre d'une météorologie intérieure agitée. J'imagine les barrières morales et la prudence se dresser face à ce qui, oui, si impossible que cela puisse paraître, surgit comme une solution. Une possibilité d'existence. Insupportable mais crédible. Que la proposition émane de sa fille ajoute au trouble.

— On va quand même pas s'attaquer à de pauvres gens ? Et s'ils refusent de nous donner leur or ? On fait quoi ? On les tue ?

Je me tais. Mon regard ne cille pas.

— Tu t'imagines menacer grand-père ? poursuit-il. Je peux pas faire ça, Maud. Je peux pas vous élever comme ça.

Sa responsabilité de père. L'argument que j'attendais. Celui dont l'hypocrisie me déboulonne les nerfs.

— C'est pas toi qui nous entraînes là-dedans, papa. C'est nous qui te demandons de faire ça. Pour nous.

— On peut pas, Maud, c'est pas bien, c'est…

— Et on peut faire quoi, alors ? T'as presque 50 ans et tu possèdes rien. Rien de ce qui est ici ne t'appartient. À part des dettes ! C'est avec des dettes que tu vas nous acheter à manger, nous payer des études ? Que tu vas faire revenir maman ? Ah, c'est sûr, c'est érotique, les dettes !

— Maud, c'est bon, arrête, intervient Alban qui sent que le ton monte et redoute que je ne devienne incontrôlable.

— Non, c'est pas bon ! On te doit rien, papa. Rien. Tu nous as élevés comme des produits de supermarché. Tu nous as jamais rien foutu de bon ni dans la tête ni dans le ventre. Tu fais le dur, le mec fier, et tu passes ta vie à trembler devant tout le monde. T'es incapable de nous offrir un toit, incapable de nous payer des études. Grand-père, lui, il t'en aurait payé, des études, si t'avais vu plus loin que le bout de tes baskets ! Toi et maman vous montrez vos muscles mais vous faites ricaner tout le monde. Vous avez tout raté ! Vous vous êtes fait enculer par la Terre entière ! Et toi tu fabriquais des armes ! Tu fabriquais de quoi tuer des gens, papa ! Et là tu me dis que c'est pas bien de s'attaquer à des retraités ! Tu veux me faire la morale parce que moi j'ai le courage de chercher à m'en sortir ?

Je boxe son amour-propre. Je le mets à terre, je le piétine. Qu'il s'effondre ou qu'il se relève une fois pour toutes. Papa reste là longtemps, figé, silencieux, honteux. Puis il s'en va faire sa nuit au supermarché. Surveiller des boîtes de conserve.

Le véhicule s'éloigne de la ferme sans que notre père allume les phares. Alban et moi guettons le toussotement du moteur.

— Et s'il se suicide ? me demande Alban.

Je pourrais lui faire une réponse cynique. Un bon mot. Mon humeur n'est pas à l'ironie. Je ne suis d'humeur à rien sinon à grimacer, une nausée au coin du cœur. Je me sens aigre. Sale. Crier sur papa m'a fait du bien mais dès que les mots s'échappaient, ma satisfaction disparaissait elle aussi, m'abandonnant avec le prochain mot, la prochaine salve, et quand c'est fini, plus rien. Une fois l'agressivité consommée je ne savoure que du vide, le goût dans ma bouche est acide.

Après le départ de mon père, je me connecte sur le site de la CPI, où il est possible de lancer une alerte, de transmettre des éléments susceptibles d'éclairer des affaires en cours. J'adresse un message à l'intention du secrétariat du juge chargé de la mise en accusation de Kristian Christiansen.

Cher Jean-Hugues Drapier,

Il y a presque un siècle, mon arrière-grand-père survivait aux glaces de l'Antarctique avec Anders Christiansen, lui-même arrière-grand-père de Kristian Christiansen. Je me permets de vous faire suivre ci-joint un extrait du journal de mon ancêtre dans ce moment difficile et fascinant. Ces pages relatent leur aventure commune, le choix qu'ils firent et auquel nous devons lui et moi d'exister. On y découvre que l'ancêtre de Kristian Christiansen n'a survécu que par le meurtre. Peut-être ces éléments pourraient-ils vous intéresser dans le cadre du dossier que vous montez sur M. Christiansen.

Passionnée par le travail de la Cour, je serais extrêmement honorée de pouvoir me joindre aux programmes ouverts aux scolaires et aux étudiants. Vivant dans une petite ville française de province, il ne m'est pas possible de m'inscrire à ces cursus, mon lycée n'ayant pas de convention avec la CPI. C'est la raison pour laquelle je me tourne vers vous, tant je crois de tout mon cœur et de toutes mes forces à la mission de la Cour pénale internationale. À la possibilité de la justice, à un monde meilleur.

Bien sincèrement à vous.

Il y a peu de chances que Jean-Hugues Drapier, ou plutôt son secrétariat, me réponde autre chose qu'une lettre type, mais à peine ai-je envoyé le mail que déjà j'espère. Et imagine.

Une fois de plus, l'aube se lève avant que je ne me sois endormie. Papa est de retour et à travers la fenêtre de ma chambre je reconnais sa silhouette d'avant. Celle qui ressemble à un X. Redressée par l'amertume et le ressentiment, par un cocktail de bile et d'humiliations qui a macéré plusieurs décennies, nourrissant une revanche à prendre. Pas uniquement sur la vie mais aussi sur les autres. Ceux qui réussissent. Ceux qui jouissent.

Vingt-sept jours se sont écoulés depuis ce matin où mon père a consenti à frapper plus faible que lui. Je l'en aime encore davantage d'avoir fait ce choix-là car je sais combien lui coûte de s'attaquer à de pauvres gens. Des gens comme nous. Je n'ai toujours aucune réponse à mon message à la Cour pénale internationale. Je décide de considérer cela comme un signe positif, l'indicateur que ce que je leur ai envoyé les intéresse, sinon j'aurais reçu une réponse type. Peut-être vérifient-ils l'exactitude de mes informations pour ajouter cette pièce au dossier. Peut-être serai-je amenée à témoigner ? Peut-être aussi que je me raconte des histoires, mais je décide de croire à tous ces peut-être.

Nous avons loué un gîte isolé dans la réserve naturelle du massif du Grand Ventron, notre point de chute à trois heures de route du domicile de Denise et Jean-Pierre Maillard. Nous y attendons la fin du jour, répétant l'opération comme une pièce de théâtre. Empruntant des routes communales, nous traversons les forêts vosgiennes où chênes et hêtres s'affrontent depuis plusieurs siècles pour la possession d'une colline, une haie, un plateau. Les géants et leurs combats d'ombres immobiles nous mènent jusqu'en Lorraine.

Nous fendons la nuit, moteur au ralenti, phares éteints. Papa conduit, concentré sur l'obscurité. Alban à ses côtés, silencieux. Moi sur la banquette arrière, entre un écran HF et des talkies-walkies qui nous relieront les uns aux autres. Smartphones et GPS sont restés au gîte. Les traces de pneus que nous laissons sur les chemins forestiers du saillant de Saint-Mihiel orienteront les enquêteurs vers une automobile de marque allemande. Mercedes ou Volkswagen. Papa a modifié notre nouveau véhicule, un break Dacia bleu foncé acheté d'occasion avec les napoléons de mémé et pépé. Suivant mes instructions, il a installé des pneus plus larges destinés à d'autres voitures. De retour chez nous, il remontera ceux d'origine.

Des branches rapaces protègent notre évolution sereine en forêt lorraine. Malgré ce que nous nous apprêtons à faire, un calme s'est installé en moi. Tranchée de la Soif, tranchée du Bois-Brûlé, nous longeons des boyaux louvoyant entre les plis du terrain. Ici des hommes se sont battus et sont morts entre octobre 1914 et avril 1915. Ici l'adjudant Jacques Péricard du 95e régiment d'infanterie a exhorté les soldats en criant « Debout les morts ! ». Nul vent, pas même un souffle n'agite les arbres-cadavres aux branches maigres et raides. La nature semble toujours pétrifiée du vacarme des batailles et les feuilles mortes jonchant le sol paraissent n'avoir jamais vécu. C'était il y a un siècle, tout ici transpire la guerre.

Hier matin nous avons visité les tranchées allemandes et françaises, les abris et les entrées de sape par lesquelles Alban s'est faufilé. Un entrelacs de sillons labyrinthiques loin de l'image d'Épinal de tranchées ennemies parallèles et distinctes. Les repérages pour l'opération de cette nuit se sont faits sous couvert de devoir de mémoire, l'ironie n'est même pas volontaire. Une famille modèle et citoyenne qui s'informe et s'indigne offre une insoupçonnable façade au crime. Nous avons ainsi identifié et photographié en toute impunité les accès au domicile de Denise et Jean-Pierre Maillard, vérifié l'exactitude de mes recherches sur Google Maps, affiné la topographie et notre plan d'action. Tandis que nous examinions les noms et les âges sur les tombes de la nécropole militaire bordant la propriété de la famille Maillard, une pointe de culpabilité est apparue dans les yeux de mon père en constatant que beaucoup de victimes étaient à peine plus âgées que mon frère et moi. Je lui ai demandé si ça allait, et pour seule réponse il m'a indiqué ce qui lui semblait être l'accès le plus discret à la propriété des Maillard ainsi qu'un monticule derrière lequel se dissimuler.

Notre père avance le véhicule jusqu'à l'ombre du monticule repéré la veille. Il règne un silence nocturne différent de celui des bois jouxtant la ferme de mémé et pépé, et je me formule que même le vide possède ses nuances. Alban et papa enfilent des cagoules, déploient une bâche de camouflage militaire sur la carrosserie. Mon frère allume la caméra fixée à sa combinaison. Je me suis installée dans l'habitacle, l'écran réglé en mode nuit et les talkies-walkies à portée de main. La caméra d'Alban provient d'un kit de surveillance bébé d'une amplitude HF de 2 kilomètres. Un babyphone vidéo grâce auquel je contrôlerai le bon déroulement de l'opération depuis la voiture. Un micro relié à des oreillettes me donne la possibilité de communiquer avec eux.

Franchissant un tertre de boue, ils atteignent une forêt d'épicéas. Sur l'écran, les troncs fins et hauts me font l'effet de flèches géantes plantées dans la terre entre lesquelles évolue la silhouette gironde de mon père. Les coussins attachés autour de son ventre lui donnent des allures de bonhomme de neige noire. La caméra réglée en mode infrarouge perce l'obscurité révélant les pans d'une maison endormie sous les arbres, les fenêtres aussi closes que des yeux crevés. Le bras de papa décrit un arc de cercle muet, on ne sait s'il jette une grenade dégoupillée ou une bouteille à la mer. Une entrecôte atterrit devant la niche d'un chien. Papa et Alban s'allongent face contre sol. Un braque allemand sort, accompagné de quelques aboiements et d'un cliquetis de chaîne. L'animal renifle la viande imbibée de chloroforme. Quelques minutes plus tard, mon père se relève. Alban le suit jusqu'au chien engourdi, son poil épandu sur un lit de feuilles mortes. Il grogne mais n'a plus la force d'aboyer. Encore moins de mordre.

Mon père et mon frère approchent de la maison. Je vois Alban tendre un pied-de-biche à papa qui examine l'encadrement de la porte d'entrée puis la dégonde silencieusement. Ils allument leurs frontales et entrent en dépliant des matraques télescopiques.

À l'étage, sur les murs du couloir en direction des chambres, l'objectif me donne à voir des portraits d'ancêtres qui posent dans leurs uniformes de la Grande Guerre lorsqu'une clarté inonde subitement l'écran. Le temps de débrayer le mode nuit de la caméra et une silhouette hésitante apparaît. S'immobilise à la vue des intrus. Je reconnais Jean-Pierre Maillard, 69 ans, pyjama dépareillé. Aussi figé que les arbres dehors, aussi dépourvu de feuilles. Papa brandit sa matraque dont le métal accroche un éclat de lumière avant de s'abattre sur le tibia de l'homme qui s'écroule sans même avoir cherché à se protéger. Alban emprisonne ses poignets. Papa fait irruption dans la chambre où se trouve Denise Maillard, 67 ans, chemise de nuit décorée d'étoiles de mer. Conformément au plan, il lui brise l'avant-bras d'un coup sec et précis, et je sens alors une accélération de mon cœur. Papa ramène les bras de la femme dans son dos mais il fait cela avec une douceur qu'il ne devrait pas avoir. Je lui ai pourtant ordonné d'être brutal. Pas par sadisme. Par efficacité. Pour qu'on soupçonne des brutes, pas un père de famille et ses deux rejetons. Papa enroule du Scotch de déménageur tout autour de la tête de la femme, sculptant une figure de plastique froissée. Seules les narines sont épargnées. Pour respirer. À travers les mouvements de la caméra arrimée à son corps, je devine Alban fébrile, incapable de fixer son attention sur quoi que ce soit. Je lui murmure de regarder papa. Filmer notre père. Se focaliser sur lui. Alban ancre son regard à notre père, se calme. Respire profondément. Je vois papa installer la femme sur une chaise au milieu de la chambre, scotcher ses chevilles aux pieds en bois, son corps au dossier. J'entrevois Jean-Pierre Maillard regardant impuissant la silhouette massive malmener son épouse. Papa comme un robot, on dirait une toupie sombre à l'inertie inébranlable. Des cris s'échappent des murs et des haut-parleurs. La mère de Jean-Pierre. Alban reste à l'étage à surveiller le couple immobilisé. Papa descend. Il a pour consigne de ne pas brutaliser la vieille dame de 91 ans. Simplement de l'attacher. Et de l'enfermer dans sa chambre.

Lorsqu'il est de retour, c'est le moment de prononcer les premiers mots. Ce n'est ni papa ni Alban qui parle. C'est moi, à travers le haut-parleur du talkie-walkie que mon père oriente vers Jean-Pierre Maillard. Un logiciel déforme ma voix. Ce n'est plus celle d'une adolescente mais celle d'un homme numérique, affligée d'un accent allemand.

— Vous possédez de l'or. Caché dans plusieurs endroits. Donnez tout ce que vous avez et vous vivrez, vous et votre femme. Si vous refusez, si vous oubliez une cachette, nous briserons un par un les os de votre femme. Puis de votre mère. Puis les vôtres. À vous de choisir, monsieur Maillard, si vous voulez vivre ou si vous allez mourir.

Alban a vomi à deux reprises sans que l'on sache si c'était sous l'effet de l'émotion ou à cause des lacets de bitume qui font tanguer la voiture, soulèvent le cœur. L'odeur inonde l'habitacle, nous roulons vitres baissées. Papa a voulu s'arrêter mais j'ai refusé. Il est inconcevable d'abandonner le moindre indice, fût-il aussi infime qu'un filet de vomi sur le bord de la route.

Lorsqu'il a entendu ma voix dans le talkie-walkie, modifiée par le logiciel et affublée d'un accent allemand, Jean-Pierre Maillard a indiqué avoir réparti son or dans trois cachettes. D'abord un appentis ouvert au vent en bordure de la maison. Alban et mon père ont déplacé deux stères sous lesquels le butin, au dire de Jean-Pierre, était enterré à plus de 1,20 mètre. Profondeur préconisée pour enfouir de l'or sans craindre les détecteurs de métaux. Tandis qu'Alban creusait, papa est allé à la deuxième cachette. Dans la cave, le dernier bac du congélateur contenait treize barquettes surgelées de chair à saucisse à l'intérieur desquelles Jean-Pierre a dit avoir inséré des pièces en or. Papa en a brisé une, la viande était émaillée d'éclats de soleil. La dernière cachette était dans la bibliothèque. Derrière des albums de photos de famille se trouvait une seconde rangée constituée d'une vieille encyclopédie dont le septième tome était un faux livre. Les pages en avaient été évidées, la tranche conservée et renforcée sur le pourtour. À l'intérieur les mots avaient laissé la place à deux lingots d'argent. Papa a ensuite relayé son fils au maniement de la pioche et Jean-Pierre Maillard s'est assis sur une vieille souche, si épaisse qu'il aurait fallu la fendre en trois pour la brûler. À l'écran, j'ai vu sa main tremblante effleurer les cernes du tronc, peut-être en comptait-il les années. Il avait mal, il avait froid, il était inquiet. D'un œil vide que le mode infrarouge de la caméra rendait blafard, il a regardé papa creuser. Des coups de pioche comme sur un champ de bataille à cogner pour défendre sa vie, à frapper sans répit une terre ennemie, la percer, la trancher, la détruire. M. Maillard a ensuite fixé Alban puis son regard s'est dérobé vers une bouche d'ombre sans reliefs ni nuances qui l'a accaparé jusqu'à ce que papa découvre plusieurs tubes en PVC scellés. Alban en a brisé un, libérant une monnaie précieuse en bien plus grande quantité que je ne m'y attendais. Molesté, délesté d'une vie entière d'économies, M. Maillard ne s'est exprimé que pour avoir des nouvelles de sa femme. Personne n'a répondu.

Pendant que mon père l'attachait dans son salon, M. Maillard a demandé une faveur. Dans l'un des tubes en PVC se trouvait une médaille militaire en argent appartenant à son grand-père mort au combat. Elle n'a que peu de valeur. Il a supplié qu'on la lui laisse.

Aux premières lueurs de l'aube nous sommes de retour dans notre gîte en forêt vosgienne. Personne ne saura jamais rien de cette virée. Aucune trace nulle part, pas même une voiture croisée sur la route. Les enquêteurs chercheront deux gros Allemands, un indice assez vague. Papa et Alban veulent immédiatement faire l'inventaire du butin dont nous pressentons tous qu'il est au-delà des estimations. Il règne une atmosphère électrique, un soupçon d'euphorie que je n'aime pas. Je dois insister à plusieurs reprises pour rappeler le planning convenu : nettoyer la voiture, ranger le matériel et le dissimuler sous les sièges, remplir des sacs-poubelle avec les habits et consommables qui seront disséminés dans des bennes à ordures sur le chemin du retour. Papa et Alban s'attellent à leurs tâches en rechignant. Lorsque c'est terminé je leur donne rendez-vous dans la cuisine pour une évaluation de notre butin après que chacun s'est douché.

La matinée est ensoleillée, les sons de la vallée remontent jusqu'à nous, parfois le moteur d'une tronçonneuse vient nous rappeler qu'il y a un monde au-delà. Les fenêtres sont grandes ouvertes à l'exception de celle de la cuisine où volets clos nous avons répandu notre magot sur la table. Alban a retiré l'or des tubes PVC, enfoui ses mains dans la chair à saucisse pour en extraire les napoléons, nettoyé chaque pièce au vinaigre blanc. L'altitude et la présence des bois autour du gîte ne nous préservent pas de la chaleur. Papa, mon frère et moi sommes en sous-vêtements. Culottes, boxers, effluves de lessive, les garçons sont torse nu et un petit top d'athlétisme ceint ma poitrine où l'on voit poindre mes tétons. J'en ai conscience et j'en suis fière. Je me tiens droite et cambrée. Nos peaux sentent le gel douche, odeur d'amande. Il règne des senteurs de printemps, de nettoyage, de renaissance. Nous faisons des tas d'or et d'argent, des buildings de pièces, des quartiers de lingots. Je procède à l'inventaire sur une feuille où est indiqué le cours moyen des métaux précieux. Je sors une calculatrice mais Alban se précipite. Il veut appuyer sur les touches, comme si entrer lui-même les chiffres dans la machine allait l'aider à admettre que tout cela est réel. Pendant qu'il calcule, papa attrape la médaille de guerre que Jean-Pierre Maillard avait réclamée.

— Ça vaut quoi, ça ? me demande-t-il.

— Rien.

— On pourrait la lui renvoyer… Il avait l'air d'y tenir…

— Certainement pas.

Le ton de ma voix n'autorise aucune réplique et papa acquiesce, se tournant vers Alban.

— Y en a pour combien, Al ?

— Il s'appelle Alban, papa. C'est fini les diminutifs.

— Pour combien y en a, AL-BAN ?

— On en est à plus de 40 000 euros. Faut que je refasse le calcul, j'ai dû me tromper.

Alban ne s'est pas trompé. Nous décidons de nous reposer, dormir toute l'après-midi, essayer de retrouver nos forces et notre clarté d'esprit. Papa rejoint sa chambre avec la médaille de guerre et je rejoins mon frère dans son lit.

— Ça va, Alban ?

— …

— Tu penses à quoi ?

— À plein de choses. J'arrive pas à fixer mon esprit sur un seul truc. Tu te rends compte qu'on leur a volé l'argent de toute une vie… Leurs économies. Tout ce qu'ils avaient prévu de donner à leurs enfants…

— Et alors ?

— Alors ça fait étrange.

— Faut pas y penser, Alban.

— Ce qui me fait le plus drôle, en fait, c'est que j'arrive pas vraiment à m'en vouloir. C'est ça qui est le plus bizarre. Tu sais ce que je ressens ?

— Dis-moi.

— Je suis soulagé d'avoir cet argent.

— Comme quand tu es revenu avec les 5 000 euros volés à Marie. Je pensais que tu supporterais pas mais tu as assuré.

— C'était différent. J'ai rien dit mais j'avais honte.

— Parce que tu connais Raphaël ?

— Oui. Enfin non, pas uniquement…

— Quoi ?

Alban se tait. Son silence est une réponse, mais de celles que l'on ne se fait qu'à soi-même.

— Tu pleures ?

Alban ne pleure pas, il transpire, les draps sont rincés de sa sueur. Il essaie de me parler mais n'y arrive pas, les mots restent coincés. Je pose ma tête contre son épaule et ferme les yeux.

— Après cette nuit, ce qu'on a fait ensemble à ces gens… Maud… J'ai l'impression que ça change tellement de choses… entre nous. Que la vie sera différente maintenant… Que c'est plus possible de se cacher quoi que ce soit.

— Qu'est-ce que tu veux me dire ?

— Sur la vidéo, celui avec Raphaël… C'était moi.

Une longue et belle route à travers le Massif central, loin des quatre-voies et leurs barrières de péage gonflées de caméras. Je savoure ce retour chez nous comme si quelque chose des rêves d'hier avait survécu au réveil. Je me retourne, je regarde Alban dormir, recroquevillé sur la banquette arrière, je me demande si j'ai bien entendu ce qu'il m'a avoué. Était-ce vraiment lui, ce sexe dans la bouche de Raphaël? J'en éprouve une impression insaisissable, entre malaise et émoustillement. Désirer l'amant de mon frère me rend-il incestueuse? Même un tout petit peu? Papa m'observe et me sourit. Il est beau avec ses lunettes de soleil, son tee-shirt si blanc qu'on dirait de la glace, ses épaules musclées. Il me tape sur la cuisse comme il le faisait quand j'étais une petite fille, un geste complice, juste pour nous, jamais il ne fait cela avec Alban. J'aime cette exclusivité. Le paysage défile, alternance de collines timides et de vallées tranquilles, le rétroviseur me renvoie l'image du visage endormi d'Alban et c'est un peu comme s'il était notre enfant. Je dis :

— Il dort bien, notre petit.

Papa rit.

— Oui, ma grande, il dort bien, notre petit.

— Santa-Fé ! hurle papa alors que nous franchissons le panneau d'entrée de Sainte-Féréole.

Je pousse des cris d'Indien, Alban mime des coups de revolver.

Tandis que mon père et mon frère dissimulent le trésor, je m'immerge dans mes recherches, préparant la prochaine action à mener. Nous n'utiliserons qu'une fois encore le même modus operandi. Après la deuxième opération, nous brûlerons les habits, les pneus, détruirons les matraques et le matériel HF, nous n'utiliserons plus le break Dacia et enterrerons au fond de nos mémoires les deux malfaiteurs imaginaires à l'accent germain. Nous en créerons d'autres. Tout aussi imaginaires, insaisissables. Et éloignés de nous.

La Cour pénale internationale de La Haye est toujours muette, ça m'apprendra à croire aux contes de fées. À croire que je ne suis pas seule et qu'il y aurait quelque part quelqu'un qui m'attend, comme le disait la couverture d'un livre stupide. Je recherche nos prochaines cibles. Beaucoup de candidats. L'antenne indienne reste allumée tard dans la nuit. La fenêtre de mon frère aussi. Lui travaille. Il veut continuer d'éblouir papa et maman avec ses notes. Demain, après nos singulières vacances de Pâques, nous rentrons au lycée et je retrouverai Raphaël, je n'arrête pas de penser à lui, sur cette vidéo avec mon frère.

Raphaël et Alban discutent à l'autre bout de la cour. Ils sont loin mais je devine leurs sourires. Ils ont l'air d'avoir plein de choses à se dire. Je fais un signe à Raphaël, j'agite ma main morte en guise de salut. Il me répond et se retourne vers Alban comme si je ne comptais pas. Je les observe en me demandant si Raphaël ne s'est pas rapproché de moi parce qu'il est amoureux de mon frère, si ce baiser qu'il m'a donné, ce n'était pas juste pour jouer, amuser la pauvre gamine avec sa main coupée. Elle me fait mal, ma main morte, de plus en plus. Je suis toute seule dans la cour, il y a du monde partout, des gosses plus gâtés et plus insipides les uns que les autres, et moi je suis seule.

Depuis qu'elle est partie, maman vient régulièrement nous embrasser à la sortie de l'école et nous emmène boire un verre au café. Elle meuble le silence de mots tout aussi volumineux et médiocres que le mobilier en contreplaqué dont elle avait surchargé notre pavillon. Alban ne digère toujours pas son départ, ce sentiment qu'elle nous abandonne le taraude, alors il commande une bière, puis une deuxième et même une troisième. Si maman le réprimande, il hausse le ton, «J'ai 18 ans alors fais pas chier». Les clients se retournent et notre mère obtempère. Alban s'excuse immédiatement et lui montre ses notes, agite fébrilement des copies, lit chaque appréciation, chaque encouragement, répète sa moyenne dans chaque matière comme si cela avait le pouvoir de la faire revenir. J'observe mon frère et ça me fait aussi mal que lorsqu'il suait au stade d'athlétisme. C'est terrible de voir un gamin croire qu'il peut sauver ses parents.

La gestion de notre endettement, les frais bancaires, judiciaires, tout cela me prend deux heures par jour. J'épluche chaque relevé afin de traquer les dépenses superflues. Lorsque je ne comprends pas, j'appelle papa et nous listons ensemble les achats, ciblons le gaspillage. Il n'y a rien qu'il achète dont je ne sois informée. L'exercice de cette autorité m'est agréable. Être la maîtresse d'un royaume si petit soit-il est une gratification à laquelle il me serait aujourd'hui difficile de renoncer.

Grand-père vient dîner chaque vendredi soir. Même s'il s'en défend, l'absence prolongée de notre mère l'inquiète. Il s'applique à parler de maman en termes élogieux, répète souvent qu'avec sa femme, mamie, ça n'avait pas été facile tout le temps, et même qu'une fois elle était partie elle aussi. Pendant quelques semaines. Pour réfléchir. Papa écoute, éberlué à l'idée que ses parents aient un jour songé à se séparer. On dirait un poisson confronté à un problème de mathématiques. Il ne comprend pas que grand-père ment pour relativiser le départ de maman. Et plus il s'entête dans son mensonge, inventant des détails dont le caractère improbable serait un gage de véracité, plus j'ai envie de le serrer dans mes bras et de l'embrasser. Depuis quelques mois, ses épaules se sont affaissées, ses lèvres se resserrent à l'intérieur de sa mâchoire. Ses yeux se creusent. Il aura fallu peu de temps, celui de voir son fils derrière des barreaux puis derrière la barre d'un tribunal, pour qu'il devienne un vieillard. Qu'au fond de lui quelque chose abandonne, un repli de cette volonté qui au prix d'un effort permanent maintenait le corps dans un état d'alerte, retardait la contraction des chairs.

Plus que tout, grand-père redoute que nous manquions de quoi que ce soit, alors quand il vient, le coffre de sa voiture déborde des légumes du jardin au milieu desquels il glisse toutes sortes de provisions. Pour ne pas donner l'impression de faire l'aumône à son fils, grand-père dit qu'il ne sait pas quoi en faire tant le jardin est généreux cette année.

— Tiens, si je vous apportais pas ça, faudrait que je le jette !

J'ai trouvé dans la commode de la cuisine un vieux cahier noirci de l'écriture fine et ronde de mon arrière-grand-mère. Celle qui transportait les messages de la Résistance alors qu'elle avait le même âge que moi, j'y pense immanquablement lorsque je déchiffre ses recettes de cuisine, à son courage. Je l'imagine sur son vélo, croiser des soldats allemands qui devaient se retourner sur la jolie jeune fille. Chaque vendredi je prépare une recette différente du cahier. Grand-père est ébranlé par les saveurs retrouvées des plats de sa mère, il mange comme s'il se recueillait, savourant silencieusement des éclats d'enfance qu'il croyait éteints. Nous sortons la vaisselle de fête de ses parents, celle qu'ils n'utilisaient qu'à Noël, Pâques et pour les grandes occasions. Grand-père nous raconte toujours les mêmes histoires sur les assiettes, les verres, les couverts, et quand, et pourquoi ils ont été utilisés, et par qui ils ont été offerts. Nous revivons inlassablement les instants passés et il y a toujours un détail, une anecdote inédite. Papa l'écoute avec une tendresse qu'il ne s'était jamais autorisée plus jeune et grand-père s'exprime sans être exaspéré, comme s'il n'en voulait plus à son fils d'être si différent de lui. Il parle sans reproches ni grandes phrases péremptoires promptes à hérisser mon père. À Santa-Fé, la hache de guerre est enterrée et on peut à présent évoquer le père et le fils dans une même phrase sans les séparer par un point.

Quand le dîner s'achève, c'est l'heure de la prune. Mémé et pépé en faisaient plus qu'ils n'en buvaient. Le verre des bouteilles et les étiquettes ont jauni mais l'eau-de-vie porte bien son nom, céleste à force de transparence. Ces choses-là ne se périment pas. Grand-père n'avait pas osé y toucher. Il les avait oubliées au fond de la cave après leur mort. Il ne voulait pas les boire seul. Nous nous asseyons tous dans le cantou et nous finissons la soirée ensemble, à regarder les flammes ou, s'il fait trop chaud, les pierres hâlées de suie. Parfois nous parlons, d'autres fois nous gardons le silence. Depuis quelques semaines, grand-père accepte de rester dormir après le dîner. Dans la chambre de ses parents, le lit où il est né. La première fois, quand je suis allée l'embrasser avant de rejoindre mon antenne indienne, il m'a dit :

— Tu sais, ma petite Maud, ça me fait tout drôle d'être là.

Cible modeste, préparation rigoureuse, repérages avisés. Et point de chute éloigné de la zone d'intervention. Nous conservons la même méthode pour notre deuxième opération. Guy et Martine Valette, 71 et 69 ans, retraités de la fonction publique, elle infirmière, lui ambulancier. Quatre semaines de surveillance grâce au piratage de l'ordinateur du foyer, une maison des Landes au milieu des bois. Ni alarme ni chien mais un fils divorcé. Pierre Valette, 42 ans, expert-comptable au centre de dialyse rénale de Mimizan, 1,71 mètre, 67 kilos, retourné vivre chez ses parents depuis qu'il a fallu choisir entre payer un loyer ou les pensions alimentaires de ses deux enfants. Son père, Guy Valette, a acheté un coffre-fort sur un site spécialisé ainsi que quatre coffrets de rangement pour monnaies de collection offrant une capacité de 120 pièces. La gamme et la taille du coffre choisi indiquent un butin potentiellement élevé, hypothèse appuyée par l'intervention d'un installateur agréé venu sceller le coffre-fort il y a quelques mois.

Papa neutralise le fils Valette dans son sommeil, l'attache au lit avec du Scotch de déménageur. Depuis la voiture, je contrôle l'opération sur l'écran HF où les halos des lampes frontales dévoilent un intérieur calfeutré de meubles vernis et démodés. J'imagine papa circonspect à l'idée qu'une maison si modeste abrite un trésor. Je lui murmure dans l'oreillette :

— Fais-moi confiance, papa.

Sur l'écran, je vois sa tête opiner tandis qu'il traverse un salon piteux que rehaussent trois aquariums éclairés comme un spectacle son et lumière, baignant de lueurs iridescentes des dizaines de poissons d'ornement.

Matraque à la main, mon père et mon frère font irruption dans la chambre des époux Valette. Alban attache la femme, enrubannant chevilles, poignets, visage d'un adhésif épais. Oreilles, bouche et paupières engluées. Juste un espace sous les narines pour laisser passer l'air. Mon père tend le talkie-walkie au mari. Le logiciel déforme ma voix, l'accent allemand appuie l'ordre de donner l'or. La victime coopère immédiatement. Le coffre-fort est dans un renfoncement de la cave, derrière une dalle aisée à déplacer. Cachette médiocre. 1, 3, 5, 7, 9. Le mot de passe est si banal qu'il en serait presque audacieux. À l'intérieur, deux coffrets remplis de pièces dorées.

— Attends, papa, attrape une pièce, montre-moi.

Il s'exécute et ce que je vois ne me plaît pas. Rien ne me plaît dans cette cave. À commencer par cette planque grossière, ce mot de passe grotesque. Et ces pièces… Je reconnais des demi-napoléons de 10 francs issus d'un lot de 100 pièces Marianne. À peine 1 gramme d'or en tout.

— Ça vaut rien. Il se fout de nous. Je veux lui parler.

Papa lui tend le talkie-walkie. J'éructe :

— Où est l'or ? Le vrai. L'or brut !

Il marmonne qu'il ne possède rien d'autre. Je sais qu'il ment. Que ce coffre-fort est un leurre. Technique éprouvée consistant à élaborer une fausse cachette pour abuser les cambrioleurs qui repartent avec des miettes d'or. Guy Valette jure sur la vie de toute sa famille qu'il ne possède pas davantage. J'ai envie de lui dire qu'il ne fallait pas acheter quatre coffrets de rangement mais je me tais. Je ne veux pas qu'il sache que c'est ainsi que je l'ai pisté.

— Remontez dans la chambre. On va voir à combien il estime sa femme.

Papa et Alban ont un moment d'hésitation puis obéissent, traînant le vieux par le col de son pyjama. Son dos racle le sol, heurte les angles des aquariums, les arêtes des marches. Ses cris s'envolent dans les aigus, leurs vibrations affolent les poissons et me retournent le ventre. Jusqu'où sommes-nous prêts à aller ? Je ne le sais pas encore, aucun de nous n'en a aucune idée. Je serre les poings, même celui qui est invisible. Papa projette Guy Valette aux pieds de sa femme enrobée d'adhésif. Il ressasse qu'ils n'ont rien d'autre, ne sont pas riches, il n'en finit plus d'implorer.

— Frappe sa femme.

— …

— Fais ce que je dis, papa. Cogne ! Casse-lui une main.

Papa se fige, les bras ballants. Alban sort de la chambre. Il me dit qu'il faut partir, qu'il n'y a rien d'autre ici. Je lui ordonne de fermer sa gueule et d'y retourner. Il obéit. En geignant.

— Cogne-la, papa !

Guy Valette voit mon père se résoudre à brandir la matraque télescopique au-dessus de sa femme. Puis la rabaisser. Sans frapper.

— Frappe-la !

Papa se cabre brusquement comme s'il affrontait des ennemis invisibles et la matraque s'abat sur la main de la vieille femme. Ses hurlements tassés dans les plis du Scotch ressemblent à des beuglements. Elle n'en finit pas de crier. Guy Valette était ambulancier, il sait les dégâts du fer sur la kyrielle d'os qui composent un poignet. Il tente de se lever, de s'interposer mais Alban le renvoie à terre d'un coup de pied dans la poitrine. Martine Valette a perdu connaissance, sa main est en charpie. Le vieil homme tremble. Il dit que oui, il y a de l'or ici. Il va les emmener à sa cachette. Je les regarde redescendre. La caméra accrochée sur mon frère tressaute tellement qu'elle donne l'impression d'être harnachée à son cœur.

— Calme-toi, Alban, filme papa. Concentre-toi sur lui. Respire lentement.

Alban se focalise sur notre père qui marche en donnant des coups de matraque dans l'air, gueulant « Putain ! Merde, merde ! Merde ! », je lui répète de se taire, qu'il est censé être allemand. Guy Valette claudique jusqu'aux aquariums, plonge sa main dans l'eau, remue le sable d'où il retire deux louis d'or. Alban l'imite, fouille à son tour le sable quand papa donne de grands coups de matraque dans les vitres des trois aquariums. Le verre explose, libère l'eau et les poissons s'écrasent sur un carrelage beige. Ils sont des dizaines à gigoter, à se tortiller, prisonniers de l'air libre, bouches qui happent le vide, les yeux comme des lunes perdues. Effaré, Guy Valette regarde ses agresseurs sonder le sable pour en retirer l'or avec une frénésie qui leur donne des airs d'animaux affamés.

— Calme-toi, papa.

J'entends son souffle comme si j'étais dans ses bras, il suffoque autant que les poissons piétinés, éclatant leurs gros ventres rouges avec ses grosses semelles noires.

— Papa ! Je veux lui parler.

Guy Valette lève les bras comme pour protéger son visage du talkie-walkie. Je m'adresse à lui en forçant le réglage du logiciel de transformation de voix au maximum. L'accent germain en devient cauchemardesque.

— Il y en a encore. Je le sais. Où ça ?

Aucune réponse. Je menace le vieil homme. S'il ne parle pas, sa femme, son fils puis lui mourront. Son visage se gondole comme s'il possédait encore des réserves d'effroi mais plus aucun mot pour les exprimer. Il se relève, se dirige vers la chambre de son fils. Papa le suit, patine sur le carrelage inondé, glisse sur les poissons morts, leurs viscères comme des algues brunes. Mon père dérape, chancelle, tombe. Le vieil homme effrayé et perdu aide son agresseur à se relever en disant « Pardon, pardon ». Alban les suit jusqu'au seuil de la chambre du fils. Qui n'est plus là. Au pied du lit, le Scotch dont il s'est libéré. Un bruit de moteur qui démarre. Guy Valette l'entend, comprend. Son visage s'éclaircit. On dirait qu'il ne craint plus rien.

Depuis l'intérieur de la voiture où j'attends, je vois un véhicule émerger du noir, passer sans ralentir. Deux points rouges cillent, rétrécissent, disparaissent.

— Papa, Alban, revenez ! Le fils s'est enfui !

Papa secoue le vieux.

— Le reste ! C'est où ? Donne-le, donne tout ton fric !

Le vieil homme ânonne :

— … Salauds…

Mon père le relâche comme s'il ne comprenait pas. Comme si le salaud c'était le vieux, pas lui. À genoux dans le salon, Alban sépare le sable des napoléons pendant que les nuages de poissons épandus n'en finissent pas de crever. Papa s'acharne sur Guy Valette. Pieds, poings dans la gueule. Papa ne m'écoute plus tenter de le raisonner, lui dire de revenir, que le fils va avertir les flics, qu'il a peut-être son téléphone portable, que nous avons peu de temps. Papa arrache son oreillette, je sors de la voiture, je cours chercher mon père et mon frère. À l'intérieur, je vois Alban à quatre pattes au milieu des poissons, du sable, du verre brisé, il me dit qu'il a récupéré toutes les pièces. Il est euphorique. Je lui ordonne de retourner à la voiture et j'arrache sa cagoule. Je l'enfile en piétinant des poissons agonisants, rejoins mon père toujours à défoncer le vieil homme, manifestement prêt à mourir pour conserver la dernière part d'or destinée à son fils. Mes bras enlacent papa qui s'apaise d'un seul coup. Les lèvres du vieil homme remuent difficilement mais avec un air de victoire.

— Mon fils… va… la police… vous… crever… prison… Salauds… Salauds…

Papa s'est calmé, il est maintenant prêt à fuir. J'observe la chambre du fils. Je sais ce que je cherche. Deux coffrets de la taille d'un échiquier. Je regarde sous le lit, entre les ressorts.

Si nous avions le temps, si nous étions bien, je dirais à papa « Tu te souviens quand on cherchait les œufs de Pâques ? Toi tu les avais cachés et nous on disait "C'est ici ? C'est là ? ". Toi tu répondais "C'est chaud" ou "C'est froid". » Tout ça me paraît tellement loin... Je déambule dans la chambre, examinant chaque coin du regard et chaque fois j'en reviens à celui du vieil homme. Son visage est un thermomètre. J'attends qu'il se trahisse sans le savoir, sans le vouloir, un éclair, une crainte, un rien qui me dise si c'est chaud ou si c'est froid.

Guy Valette ne quitte pas ma silhouette des yeux, mon visage cagoulé, membre tronqué dissimulé dans la poche de mon blouson. Il a compris mon petit jeu, il est résolu à ne laisser transparaître aucune émotion, aucun indice. Lorsque je passe devant la commode, il détourne le regard, pose ses yeux sur le plancher comme si l'or était là. Dessous. Ne reste plus qu'à défoncer le bois, creuser. Sauf que je me dis que c'est un piège. Qu'il veut m'éloigner de cette commode sur laquelle je me suis penchée. Un vieux meuble de famille si différent du mobilier verni. Quand je retire les tiroirs bourrés de vêtements, je sens une panique au fond de son regard, une inquiétude supplémentaire vient s'empiler sur les autres. Je toque. La cloison derrière les rangements sonne creux, j'arrache la matraque télescopique des mains de mon père, défonce le dos du meuble, découvre un faux fond où se tiennent deux coffrets empilés l'un sur l'autre. Guy Valette pousse un cri aigu pareil à celui d'un chien agonisant, il supplie que nous laissions cet or à son fils qui n'a rien d'autre, il crie :

— Nous sommes de pauvres gens ! De pauvres gens !

Sa voix stridente est horrible. Nous déguerpissons ventre à terre. En traversant le salon je fracasse ce que je peux avec la matraque, j'explose tout ce que je croise, à commencer par l'ordinateur familial que j'ai piraté. À côté, il y a un téléphone portable. Je l'allume. Aucun code de sécurité. Je le prends. De retour dans notre voiture, j'en active le GPS. Papa démarre et nous plongeons dans la forêt sans phares.

Si perçants soient les yeux de mon père, ils peinent de plus en plus à inventer un chemin là où tout n'est que nuit. Nous suivons les indications GPS du smartphone du fils Valette qu'il n'aura pas eu la présence d'esprit d'emporter en fuyant. Les véhicules de gendarmerie restent à distance. Ils ne se sont pas aventurés dans les sentiers qui traversent les bois. Les flics n'ont pas encore repéré nos traces et pensent que nous avons fui en empruntant la départementale. Je rassure papa qui roule au pas et ne cesse de jurer en lui disant que tant qu'ils cherchent une lumière nous sommes à l'abri. Sa vision nocturne nous protège. Alban a encore envie de vomir et moi de lui mettre une claque. Papa répète en boucle que ça devait être facile et que ce vieux était vraiment trop con et que…

— Arrête-toi.

Sur l'écran du smartphone, la sphère bleu clair s'immobilise. Ce cercle-là, c'est nous. Son périmètre s'éclaircit puis s'assombrit, s'éclaircit puis s'assombrit… On dirait un cœur battant. Partout autour s'étend un noir numérique quadrillé en abscisse et ordonnée.

— On a quelques kilomètres à faire, encore dix minutes et on aura traversé le bois. On arrive ici, c'est un lac. Il y a ensuite une route goudronnée qui rejoint un petit village. C'est une autre route que celle où sont les flics. Elles ne se croisent pas.

Papa acquiesce puis frôle la pédale d'accélération, colle sa pupille aux ténèbres, avance au pas. Notre véhicule me fait l'effet d'un sous-marin qui sombre. Un cercueil de métal, lourd et silencieux. Alban regarde derrière sans que je sache pourquoi. Il n'y a rien derrière nous.

La surface de l'eau a des allures de pétrole mort dans lequel mon père et mon frère plongent les mains pour se nettoyer le visage. Je jette le smartphone au fond du lac où nous faisons halte. Un ciel charbon étend sur nous des ombres indécises, nos silhouettes ne sont plus que des aplats coulés dans le décor. Nous redémarrons et retrouvons une route goudronnée sans toutefois rallumer les phares. Nous attendons d'être sur la départementale pour redevenir visibles.

3 h 27 du matin, nous roulons sans croiser personne depuis une quinzaine de kilomètres. Chaque fragment de nuit autour de nous me renvoie l'affront de la Cour pénale internationale pour lequel je ne vaux même pas une réponse automatique. J'essaie d'éloigner les pensées qui tournent autour de moi. Je fais le vide, me concentre sur ces longues routes traversant les forêts de pins. Des routes droites et rigides dépourvues du moindre tournant, incapables de plier. Elles ressemblent à des existences sans heurts ni surprises où l'origine est identique à la fin. Du haut de mes 16 ans qui voudraient tout brûler je les juge

sévèrement, ces vies-là, mais à cet instant précis je me dis que je donnerais beaucoup pour enfiler les habits d'une existence monotone, rectiligne. À droite, à gauche défilent les troncs raides, parfois des petits chemins de terre s'y enfoncent et je me reprends vite. Je ne suis plus assez naïve pour penser que de telles vies existent. Aucune, non, n'est semblable à cette longue ligne droite. Certains virages sont invisibles.

— Éteins les phares.

Papa s'exécute, ralentit, Alban prend une voix paniquée, demande ce qui se passe.

— Tais-toi !

La rumeur d'une lueur se dessine tout au bout du fil de goudron sans qu'on sache si c'est un véhicule, un éclairage ou le pâle reflet de la lune sur la chaussée.

— C'est une voiture ? demande Alban.

La rumeur persiste, se précise.

— Prends le prochain chemin qui va dans les bois, papa.

— De quel côté ?

— N'importe où, vite !

Le point lumineux grandit trop rapidement pour n'être qu'un éclairage de bord de route. Puis se dédouble.

— Il y a plusieurs voitures.

— Faut trouver un chemin, papa, sinon ils vont finir par nous voir.

— Nom de Dieu de merde, je retourne pas en taule, je retourne pas en taule…

La clôture bordant les bois paraît sans fin. Papa accélère à la recherche d'un chemin de traverse. Le pare-brise est un mur de nuit vers lequel nous fonçons à plus de 120 kilomètres-heure. Cent trente.

Cent quarante. Phares toujours éteints. Ni Alban ni moi ne voyons quoi que ce soit. Papa à peine plus, mais cet « à peine » fait la différence. Il est dans un état de concentration absolue, le moindre écart signifie accident mortel. Les pneus mordent le bas-côté, le châssis tremble, un frisson nous parcourt l'échine. Papa rectifie d'une main de velours. Les lumières des véhicules vers lesquels nous roulons ne cessent de grandir. C'est un convoi.

Un petit chemin apparaît enfin sur la gauche. Papa freine, fait demi-tour, engage le break à l'orée des arbres, s'éloigne lentement de la route. Il rétrograde mais ne cale pas, avance maintenant sans plus rien voir du tout, ni rien savoir, chaque mètre gagné met un peu plus sa famille en sécurité. La ligne de lumières continue de glisser sur la route en notre direction. Une trentaine de mètres seulement nous séparent de la départementale qu'empruntent les véhicules. Ils passent sans nous voir et s'éloignent sans ralentir. Alban et moi identifions cinq carrosseries de la gendarmerie nationale.

Nous progressons vers le cœur de la forêt. Les nuages se dissipent et papa s'accroche à la lueur des étoiles. La nuit entre par les fenêtres grandes ouvertes, sa fraîcheur s'installe, elle nous fait du bien. Des fragrances de résine singulièrement sirupeuses atténuent l'âcreté de nos sueurs emmêlées.

Aux premières lueurs du jour, nous pénétrons dans un carré de broussailles à l'abri des regards et recouvrons le véhicule de la bâche de camouflage. Derrière le rideau de fausses feuilles, nous évaluons le butin. Cent quarante-sept pièces provenant de plusieurs pays européens. Toutes en or brut. En se basant sur une valeur moyenne de 500 euros, le total avoisine les 75 000 euros.

— J'aurais pas imaginé que ces gens aient autant d'argent chez eux, dit papa.

Je réponds qu'avant de les trouver, j'ai passé plusieurs semaines à chercher.

— On ne va pas continuer, Maud, m'interrompt mon père.

Je ne dis rien. Je me demande à quoi il a pensé en conduisant dans le noir.

— ... On laisse tomber. Si on arrive à s'en sortir aujourd'hui, on arrête tout.

Je ne dis toujours rien. Papa n'aime pas mon silence. Le ton de sa voix monte d'un cran.

— J'aurais jamais dû accepter ça. J'ai fait n'importe quoi.

Je le laisse se blâmer sans dire un mot. Il attend quoi ? Que je le plaigne ? Que je lui trouve des excuses ? Pauvre papa-Calimero. Je connais sa façon de faire. Je l'ai vu œuvrer avec maman. Qu'il ne compte pas sur moi pour m'apitoyer. Non, papa, nous n'allons pas arrêter, oui cette nuit a été atroce et oui, papa, nous sommes des salauds. Toi, moi, Alban. Mais non, papa, nous ne changerons pas notre plan. Nous avons bâti une stratégie avec des règles. Elles fonctionnent. Elles nous enrichissent, ces règles. Et un jour, ta femme reviendra. Alban fera des études. Et moi j'irai à La Haye, pour y devenir juge ou poser une foutue bombe, là ou bien ailleurs je m'en fiche. Une chose est certaine : je n'aurai pas cette vie de merde qui aura été la tienne et celle de maman. Alors cesse de pleurnicher, papa, redresse-toi !

De tout ça je ne dis rien, je ne lui renvoie que le silence, et c'est suffisant pour qu'il comprenne.

Nous ne quittons la forêt qu'en début d'après-midi après avoir brûlé les habits d'intervention, les coussins dont Alban et papa se faisaient des ventres de gros pleins de bière, les coffrets des pièces et les consommables. Tout ça arrosé d'essence au fond d'un trou creusé dans la terre, rebouché puis recouvert de feuilles. Les matraques et le matériel HF bien lesté jetés au milieu d'une réserve d'eau naturelle. Il ne reste rien de l'opération sinon 147 pièces en or que papa a glissées dans le réservoir du liquide lave-vitre sous le capot. Nous nous sommes lavés avec des lingettes nettoyantes et c'est une gentille famille à l'odeur de muguet chimique qui sillonne désormais les belles routes ensoleillées de France, dans un véhicule fabriqué en Roumanie. Des gens ordinaires.

Raphaël est venu passer le week-end chez nous, à Santa-Fé. Il a fait ses devoirs avec Alban, on a joué au badminton et on a rigolé comme des gosses qu'on est. Alban est parti faire la sieste, on dirait un vieux tout d'un coup. Faire la sieste ! Raphaël et moi, on a grimpé dans l'arbre, le chêne où papa aimait monter enfant et après l'avoir ébloui avec ma technique d'ascension à une main, je lui ai montré mon antenne indienne.

— Faut que je te dise quelque chose, Maud, ça m'embête mais je peux pas te le cacher.

Assis sur une branche à 15 mètres du sol, je reste silencieuse, j'écoute. Va-t-il me parler de la vidéo ? De mon frère ?

— Ta mère est venue dîner chez nous la semaine dernière. Maman avait aussi invité Jean-Pierre Larnagol, tu le connais ?

— Oui.

— Il vient de se séparer de sa femme, alors maman s'est dit que…

— J'imagine très bien ce que peut se dire ta mère.

— Après le repas, ils sont repartis ensemble. Maman arrêtait pas de les chauffer. J'étais gêné. C'est pas bien de faire ça, maman aurait pas dû. Voilà, je voulais que tu saches, que tu croies pas que je te le cache.

Je souris car je n'ai jamais envisagé que ma mère aurait une aventure ou pourrait nous quitter pour de bon. Impossible que notre vie d'avant cesse comme ça, en un claquement de doigts et tout serait derrière, un passé mort… Raphaël pose sa main sur mon avant-bras tranché.

— Ça va, Maud ?

— Oui, pourquoi ?

— C'est ce que je t'ai dit ? Ta mère…

— J'ai du mal à imaginer Jean-Pierre dans les bras de ma mère. Mais bon. Peut-être que je me trompe.

— Je peux te demander quelque chose…

— Quoi ?

— Un truc, un secret sur toi… Je voudrais que tu me dises quelque chose que t'as jamais dit à personne. Pas même à ton frère, me murmure Raphaël comme s'il suppliait.

— J'aurais quoi en échange ?

— Ce que tu veux… Un jour, tu me demanderas n'importe quoi, un service, ce que tu veux, promis, et je pourrai pas te dire non.

— Houlà… C'est dangereux, ce genre de marché. Surtout avec moi…

Raphaël ne répond rien, il ne sourit même pas mais m'adresse un regard qui ne cille pas. Il dit « Je t'écoute » et il écoute longtemps, sans jamais m'interrompre. Je parle sans peur d'être jugée et je sens qu'il est fasciné.

— Si je comprends bien, tu me dis que depuis que t'es gamine, tu passes des nuits entières à regarder des gens mourir sur Internet... Des trucs ultraviolents... Et puis aussi que ton arrière-grand-père a croisé le chemin de l'arrière-grand-père d'un type accusé de crime contre l'humanité... Que ton rêve c'était de travailler à La Haye, sauf qu'ils ne te répondent pas...

— Oui, c'est ça.

— Pas mal pour une gamine de 16 ans !

— Mon arrière-grand-mère, à mon âge elle était dans la Résistance.

— Moi, poursuit Raphaël, un jour j'ai imaginé que je tuais mes parents. Mais vraiment. Je t'assure, j'ai tout imaginé, visualisé, comme un film. Avec des gros plans et des ralentis. J'imaginais que je plantais un tournevis dans la tempe de mon père, là, tu vois, où c'est tout mou.

Un rire étouffé. Nous parlons à voix basse et les oiseaux se rapprochent de nous, piaillant à tout-va. Notre rire les fait taire et puis ils reprennent. On est bien tous les deux. Raphaël me dit que certains de ses copains aussi, ils ont eu des idées comme ça, des flashs où ils imaginent massacrer leurs parents, ou leur petit frère, ou petite sœur. Que c'est bizarre mais que ça doit être normal d'avoir ces pensées-là. Que si tout le monde est taré, alors personne ne l'est. Qu'au fond c'est naturel. On parle jusqu'à la tombée du jour, Raphaël et moi, avec une passion et un intérêt qui ne déclinent pas. De ça et de plein d'autres choses, je lui raconte en détail mon ancêtre explorateur, l'Antarctique, Kristian Christiansen dont on ignore ce qui lui est reproché, tout comme on ignore les activités précises de son think tank Greenworld, composé d'une vingtaine d'analystes comprenant d'anciens militaires, diplomates, économistes mais aussi des concepteurs de jeux vidéo, des scénaristes de séries TV. Raphaël est suspendu à mes paroles, il adore m'écouter, je le vois dans son regard. On est bien tous les deux. Vraiment bien.

Alban, papa et moi lisons les articles relatant nos méfaits sans nous sentir vraiment concernés. Une distance s'est installée entre ces malfaiteurs et nous, comme s'ils étaient réellement des gangsters allemands recherchés par la police. Nous sommes soulagés d'apprendre qu'il n'y a pas de mort, que Mme Valette est sortie du coma. Dans quelques mois, les os de sa main seront ressoudés. Une cagnotte a été lancée par des amis de la famille. « La solidarité a fonctionné à plein régime », légende un journaliste sous une photo des époux Valette à qui on remet un chèque de 3 420 euros dans une chambre d'hôpital. Papa a voulu envoyer un billet mais je l'en ai dissuadé. Sans nous en rendre compte, nous nous désintéressons peu à peu de leur sort, nous oublions ce que nous leur avons fait.

Pour me laver de l'indifférence de la Cour pénale internationale, je décide de dégrafer le portrait du monstre des Andes au-dessus de mon lit. J'y accrocherai bientôt un agrandissement du visage de Kristian Christiansen. Quelque chose me dit que si je le contactais, peut-être lui me répondrait.

Depuis quelques jours, papa est différent. Il sifflote, il sourit tout seul. On le dirait léger, insouciant. Amoureux.

— Tu sais ce qu'il a, papa ?

Je retrouve Alban dans son lit. Je n'y suis pas retournée depuis qu'il m'a dit que c'était lui sur cette vidéo, avec Raphaël.

— Comment ça ?

— Il est bizarre…

— On est tous un peu bizarres en ce moment, non ?

— On dirait qu'il a l'air heureux.

— Ah…

Je connais mon frère sur le bout de mes cinq doigts, je peux interpréter chaque inflexion de sa voix, et l'inflexion présente me dit qu'il sait quelque chose que j'ignore.

— Tu me racontes ?

— Avec maman, ils se sont revus.

— …

— Ça ne te fait pas plaisir ?

— Si.

— Menteuse.

Je souris pour ne pas avoir à acquiescer.

— Il lui a tout dit.

— Comment ça, tout dit ?

— Ce qu'on a fait.

— C'est pas vrai ! Nooon, j'y crois pas !

— Chuut… Il va t'entendre.

— Et elle réagit comment ?

— Bien.

— Bien ?

— Oui, enfin je crois. Elle m'a appelé, on a discuté, elle voulait savoir comment on allait. Si on n'était pas trop perturbés, ce genre de conneries. Et puis…

— Oui ?

— Elle a dit qu'elle revenait à la maison.

Le lendemain, dans l'encadrement de la porte nos silhouettes semblent extraites d'un plan de film méticuleusement composé où les personnages fixent avec une intensité exagérément dramatique un hors-champ qui n'existe que dans le scénario. Nous anticipons du regard le son d'un moteur qui approche. Bientôt le véhicule de maman apparaîtra dans le lacet du chemin. Papa est aussi angoissé qu'heureux. Alban est rassuré là où je peine à déchiffrer mes sentiments. Je ne suis pas certaine d'être aussi ravie que ce que proclame le sourire que je me forge. J'aurais bien profité encore de cette position que me conférait son absence et de cette complicité qui régnait entre nous trois. Sans parler de nos activités. Comment poursuivre maintenant ?

Plus d'un mois que je ne l'ai pas vue et je remarque immédiatement son nouveau maquillage. Moins outrancier, il redessine le visage au lieu de chercher à le dissimuler sous les épaisseurs de fond de teint. Elle a aussi changé de couleur de cheveux, ajouté des extensions. Mon regard s'attarde sur ses hanches sculptées à la serpe, ses deltoïdes surtendus. Elle a séché son corps. Nul doute que maman a repris la musculation avec une discipline de fer. La gêne qui engourdissait ces retrouvailles programmées s'estompe. Un naturel revient. Pas au galop mais avec une invisible évidence. Perchée sur des talons aiguilles aussi improbables que son corps, elle chancelle sur le sol irrégulier de notre maison. Qu'importe, il en faut plus pour dissuader maman, notre père sourit, lui dit qu'elle est belle, elle rougit, me prend dans ses bras, et moi je murmure :

— Je suis contente que tu sois là, maman.

Nous avons passé la première partie du dîner à faire le tour des banalités, discutant de tout et surtout de rien comme le font les familles tranquilles. Peu à peu, nous avons glissé des poncifs à l'intime sans même nous en rendre compte, et maman a parlé de Marie avec déception, comme si elle avait percé à jour la nature de sa fausse meilleure amie. Marie avait tout fait pour qu'elle change de vie et surtout qu'elle quitte notre père. Silencieux et inquiet, papa écoute, ne sachant que penser de ce nouveau maquillage, cette nouvelle couleur de cheveux, ces habits si moulants qu'on perçoit les lanières du string, l'armature du soutien-gorge. On dirait maman de retour sur un podium et j'en ressens une bouffée d'amour pour elle. Je décide de crever les abcès un par un.

— Raphaël m'a dit que Marie a organisé un dîner chez elle, avec Jean-Pierre Larnagol.

Jean-Pierre, alias JP. Cent trente-cinq kilos de muscles et de stéroïdes. Compagnon d'haltères de ma mère depuis ses débuts, il se dit qu'il aurait pu devenir mon père si mon vrai père n'avait pas eu la bonne idée de quitter sa copine de l'époque, Marie.

— Tu as vu Jean-Pierre ? demande papa.

— Marie nous a invités. Tous les deux. Comme il a quitté sa femme et que moi j'étais un peu entre deux eaux, elle s'est dit qu'on pourrait se mettre ensemble.

— Carrément…

— Après le repas, Marie a suggéré qu'il me raccompagne.

— Et alors ?

— Alors il m'a raccompagnée. Dans la voiture on a rigolé, je crois que j'ai jamais autant ri de toute ma vie. Tu peux pas imaginer comme Marie voulait qu'on sorte ensemble. Sur le moment, on a joué le jeu, mais bon, la plus excitée des trois, c'était elle. Après, dans la voiture, Jean-Pierre il en pissait de rire. Je pouvais plus l'arrêter.

— Ça s'est fini comment ?

— Je te l'ai dit, Jean-Pierre m'a raccompagnée.

— Et c'est tout ? …

Maman s'amuse de mon père. C'est si bon de voir comme il mord à l'hameçon. Même Alban jubile. C'est lui qui lâche le morceau.

— Papa, Jean-Pierre, il a quitté sa femme parce qu'il est gay.

— Ah bon…

— Oui, c'est évident, y a vraiment que toi pour pas l'avoir compris.

— Et Marie aussi avait rien vu, dit ma mère. Ça fait un truc en plus que vous partagez tous les deux.

Papa grimace, maman triomphe et nous on rigole. On est de nouveau une famille.

— Maman…

— Oui, ma puce.

Mon cœur se serre, j'aime tellement qu'elle m'appelle ma puce. C'est devenu si rare.

— Papa, il t'a dit ce qu'on a fait… Pendant que t'étais pas là.

— Oui.

— Et alors ?

— Alors au début, j'ai cru qu'il était devenu fou. Que vous étiez tous devenus fous. Et puis…

— Et puis ?

— J'ai réfléchi à ce qu'on avait traversé ces derniers mois. J'ai réfléchi à plein de choses, à votre père en prison, comment on l'a traité, comment on a parlé de lui dans les journaux, et aussi de notre famille, ce que vous avez vécu au lycée… J'ai réfléchi à la maison qu'on a perdue. Elle était pour vous, cette maison, c'est quelque chose qu'on vous aurait laissé… C'était pas énorme mais elle était pour vous… Même ce pauvre tas de parpaings on nous l'a pris, comme si même ça on n'avait pas le droit de l'avoir, de le garder. J'ai pensé à tout ça et j'ai commencé à comprendre pourquoi vous avez décidé que vous en aviez rien à foutre de rien…

— Tu vas nous interdire de continuer ?

Maman tend sa main vers moi, elle caresse mes cheveux. Elle murmure qu'à mon âge elle mettait des boucles d'oreilles.

— Lorsqu'on veut quelque chose très fort, Maud, quelque chose qu'on ne devrait pas avoir, quelque chose que la vie nous a refusé, les autres, à l'école, au travail, même ceux qui se disent nos amis, tous espèrent au fond d'eux qu'on ne l'obtiendra pas. Personne ne m'avait dit que j'étais belle avant ton père, personne ne voulait que je le sois. À l'école, on m'appelait le thon, la mocheté… Y avait toujours un mot pour en remplacer un autre, chaque fois plus humiliant. Un jour je me suis rendu compte que je réagissais même plus quand on m'interpellait, « Hé, le laideron », tellement c'était devenu normal. C'est pour ça que j'ai commencé la muscu. Pour leur montrer qu'avec mon corps je ferais quelque chose qu'eux ne pouvaient pas faire.

Maman pose sa main sur mon avant-bras tronqué et tout est calme. Ses doigts caressent ma peau nue jusqu'au vide, on dirait une route brusquement interrompue.

— J'ai toujours su que tu étais différente, Maud, si intelligente, si forte, peut-être même un peu trop… Je suis fière de ma grande fille, tu sais. Quoi qu'elle fasse, je suis fière de ma grande fille.

Cette nuit, la vieille maison est généreuse en craquements. Nos parents se retrouvent, et si discret se fasse leur désir, son écho circule sans barrières ni frontières tant le bois et la pierre sèche sont des liens. Depuis son lit où je le rejoins, mon frère et moi les entendons. Allongés côte à côte, nos corps adolescents se tendent vers cette obscurité peuplée de sons qui nous troublent. On pourrait croire à des soupirs d'anciens habitants revenus hanter les murs ou au souffle d'une chouette. Alban et moi ne disons rien. Je ne sais à quoi pense mon frère mais je ressens un étourdissement, comme si le matelas était pris dans un nuage de désir et de honte mêlés. Je colle ma blessure contre le bas de mon ventre, sous les draps, tout doucement, qu'Alban ne devine rien, j'appuie.

— Maud ?

— …

— Maud…

— Oui…

— Tu vas bien ? Tu es toute bizarre.

Je m'endors dans le lit de mon frère, nos deux corps en chien de fusil, dos à dos aux antipodes du matelas. Les bosses des draps dessinent entre nous des montagnes infranchissables.

L'aube ne s'est pas encore levée, la maison toussote comme une voiture qui peinerait à démarrer. Pourtant ce ne sont que des bruits de pieds, des portes qui claquent, les jurons de mon père, ses « putain » qu'il lance à tout bout de champ. Ils exaspéraient ma mère lorsque nous étions petits, maintenant que nous avons grandi elle s'en fiche. À moins qu'elle ne se soit habituée. Je sors de la chambre et me retrouve face à papa qui finit de s'habiller en urgence. Il ne me demande pas ce que je fais dans la chambre de mon frère. Il bredouille que grand-père est tombé, qu'il est à l'hôpital. Il dit :

— Le con, le con, il va bien trouver moyen de crever, le con !

J'enfile un blouson, des espadrilles, je cours derrière lui, je tends ma main morte vers la poignée de la portière, je n'attrape que du vide et vois le véhicule s'éloigner. Puis freiner. Une portière s'ouvrir.

— Putain, Mo, magne-toi, bordel !

Je ne le corrige pas. Il peut bien me redonner son diminutif de merde si ça aide grand-père à guérir. Je cours et papa démarre avant que je sois entièrement entrée. On file comme si on avait la police aux trousses.

Tout est blanc dans la chambre de grand-père à l'exception de son visage, un camaïeu de jaune et de vert, de violet. Il dort. D'une voix cotonneuse, soucieuse de ne pas le réveiller, l'infirmière nous vante son courage.

— Il ne se plaint jamais alors que c'est extrêmement douloureux.

— Il a toute sa tête ? C'est grave ? demande papa.

— Non, ce n'est pas grave, c'est impressionnant. Ça aurait pu être grave mais ça ne l'est pas. Quant à sa tête, ah ça, il l'a toujours ! Il a passé en revue tous les présidents français depuis trente ans, et il leur a taillé de ces costards ! Il a fait rire tout le monde ici.

— J'en doute pas… Vous savez comment il est tombé ?

— Il a voulu attraper une photo en haut d'une armoire, il est monté sur une chaise et c'est comme ça qu'il est tombé, dit l'infirmière en nous montrant un cliché noir et blanc sur la table de nuit.

Je m'approche d'une photographie où deux enfants jouent aux cow-boys et aux Indiens autour d'un grand chêne. Je reconnais celui de Sainte-Féréole.

— Il la tenait entre ses doigts quand les secours sont arrivés, précise l'infirmière.

Grand-père se réveille.

— C'est Jacques et moi quand on était gamins, pendant la guerre. Elle est pour toi, ma petite Maud. Tu la montreras à ton ami, Raphaël, tiens.

— Jacques Chirac, précise mon père à l'infirmière qui acquiesce d'un air convenu.

— Oui, je sais, il l'a montrée à tout le monde, répond-elle. Votre père répétait qu'il n'avait pas les mêmes idées que Chirac mais qu'il l'aimait bien quand même. C'est là qu'il a parlé des autres présidents… Ah, croyez-moi, on en rit encore.

Papa et moi ne savons que faire devant tant d'hématomes. Nous n'osons l'embrasser de peur que nos baisers ne lui fassent mal.

— Vous en faites, de ces têtes, c'est que je dois pas être bien joli à voir…

— Ça fait mal ?

— Non ! Ce qui fait mal, c'est pas de tomber, c'est de ne pas pouvoir se relever.

Grand-père et ses aphorismes. Papa a tellement souffert de ces sentences quand grand-père le sermonnait à coups de formules toutes faites et qu'il se sentait bon à rien. « Mauvais à tout », disait grand-père en plaignant son fils. Papa en est arrivé à détester n'importe quel adage, pourtant aujourd'hui il éprouve combien lui manqueraient les injonctions de son père s'il devait ne plus jamais les entendre.

— C'est gentil de venir me voir, ma petite Maud. Dis-moi, tu pourrais pas me cuisiner quelque chose comme tu le fais si bien, tu sais, une des recettes du carnet de mémé, parce qu'ici les gens sont bien aimables mais la nourriture, vraiment…

Nous n'aurons pas à apporter à manger à grand-père dans sa chambre d'hôpital, nous avons attendu le résultat des radios de son crâne et il est reparti avec nous. Sur la route, nous nous sommes arrêtés chez lui prendre des affaires. Pendant que papa fermait la porte, grand-père regardait la façade de la maison où il a vécu avec sa femme, élevé leur fils et où elle est morte.

— Depuis que ta grand-mère est plus là, cette maison, c'est comme si c'était celle de quelqu'un d'autre. Je suis bien content de rester quelques jours avec vous à Sainte-Féréole. Plus le temps passe, plus j'ai l'impression que c'est là-bas, chez moi.

Lorsque grand-père est allé se coucher dans ce vieux lit bateau en bois où il était né huit décennies auparavant, j'ai rejoint papa et maman dans la cuisine.

— Pourquoi on garderait pas grand-père avec nous ?

Mon père et ma mère se sont regardés sans rien dire et le lendemain matin, grand-père a pleuré lorsque son fils lui a proposé de venir vivre ici. Pas quelques jours seulement, mais pour toujours. Pour la fin. C'était pendant le petit déjeuner, un de ceux où comme le souhaite maman on ne se fait aucun reproche, on ne se plaint de rien. Je crois n'avoir jamais vu grand-père aussi ému. Quelques jours plus tard, papa déménageait ses affaires, vidait sa maison que je mettais en location sur un site de particulier à particulier. L'argent servira aux dépenses courantes de toute la famille, a décrété grand-père tout en promettant de ne pas être un poids mort, de ne pas déranger, et en répétant que s'il était trop envahissant, il ne fallait pas hésiter à le remettre à sa place. Il a dit ça en nous regardant les yeux grands ouverts, comme s'il plaçait sa vie entre nos mains. Grand-père sent ses forces revenir et compte bientôt être utile à notre petite collectivité familiale. Je n'en espérais pas moins.

Malgré l'impatience d'Alban, nous n'avons pas encore montré notre butin à maman. Elle sait l'or caché quelque part, dans la maison ou sur le terrain, en haut d'un chêne ou au fond du puits. À en juger par le regain d'activité nocturne de mes parents, la présence d'une richesse à proximité semble constituer un puissant stimulus érotique. Lorsque les corps de mes parents se rejoignent, j'allume mon antenne indienne. Maman sait que je prépare de nouvelles actions. Elle n'en parle jamais, et du coup c'est comme si ça n'existait pas. Il faudra pourtant expliquer nos activités à grand-père. Lui aussi y aura un rôle. Bientôt. Il se doute de quelque chose, j'en suis certaine. Parfois il me chuchote :

— Tu n'as rien à me dire, ma petite Maud ?

En sortant du lycée, Raphaël m'a accompagnée jusqu'au studio photo où j'avais commandé des tirages, puis nous sommes allés nous asseoir en terrasse, place de la Fabrique. Un groupe de filles de l'école est passé, « Coucou, salut les amoureux ! », elles agitaient leurs deux mains en l'air comme des débiles, on aurait dit un concours d'essuie-glaces. Pour les saluer à mon tour, j'ai levé mon bras tranché, exhibé ma cicatrice nue au milieu de la place et avec ma main morte je leur ai fait un doigt d'honneur invisible. Quand j'ai baissé mon bras, Raphaël m'a embrassée devant elles, sur la bouche. Avec la langue. Je suis devenue plus rouge qu'une tomate et les filles sont parties en riant jaune.

— Tu m'en veux pas de t'avoir embrassée sans avoir demandé ?

Il sourit malicieusement et regarde ailleurs. Mon Dieu qu'il est beau ! Je ne le lâche pas des yeux et je me dis que ça doit être un truc de séduction, de regarder ailleurs quand on sait qu'on est l'objet de toutes les attentions. Je déroule un portrait en noir et blanc. Format A3. Le papier photo sent encore le révélateur.

— C'est lui, Kristian Christiansen.

— Il a des yeux étranges, dit Raphaël, on croirait le serpent dans *Le Livre de la jungle*. En tout cas, il met ultra mal à l'aise. Tu vas en faire quoi ?

— L'accrocher au-dessus de mon lit. À la place de Pedro Alonso Lopéz.

— Un gars accusé de crime contre l'humanité pour remplacer un tueur en série ! Je le savais, tu es complètement folle !

Raphaël rigole, commande deux nouvelles bières. Je lui tends une autre photo grand format.

— Tiens. C'est pour toi. Cadeau.

Il ouvre le tube en carton, déroule le tirage, découvre une vieille photo noir et blanc, gros grain, un peu floue, un peu surexposée, où deux enfants jouent aux cow-boys et aux Indiens autour d'un chêne, leurs silhouettes enrobées d'une lumière crue.

— Elle est super, c'est quoi ?

— C'est la photo que mon grand-père voulait attraper lorsqu'il est tombé. J'ai fait faire un agrandissement. C'est lui et Jacques Chirac quand ils étaient enfants.

Raphaël ne dit rien mais je ressens son trouble tandis qu'il détaille chaque centimètre du papier glacé, peau, tissus, écorce, terre, et ce mystère de la lumière qui rend tout réel, le soleil perçant les feuilles crénelées du chêne.

— Elle est triste, cette photo. Je sais pas pourquoi, mais qu'est-ce qu'elle est triste…

Je réponds à voix basse. Au milieu de cette place, de ces terrasses de café bondées, sous ces arbres et ces réverbères qui ont servi de potences, il y a tant de monde, mais il n'y a que lui pour m'entendre. Je parle pour un seul.

— Elle est triste, la photo, parce qu'elle montre la joie et que tout ça, c'est fini. Il n'en reste rien aujourd'hui, sauf l'arbre. Il s'est passé trop de choses horribles depuis qu'elle a été prise, et quand on la regarde, on le sait. On y pense sans le savoir.

Chaque soir, nous regardons nos parents s'en aller travailler. Papa klaxonne et derrière, dans sa voiture, maman rit à gorge déployée. Je ne peux pas la voir d'où je suis mais je le sais, elle rit jusqu'à recouvrir la musique des haut-parleurs. Quand leurs véhicules disparaissent, Alban plonge dans ses devoirs avec cette ténacité qui ne cesse de m'émouvoir et je rejoins mon antenne indienne. Mais pas ce soir. Ce soir, je retrouve grand-père.

Je lui sers un doigt de cette prune que faisait son père et dont il reste quelques bouteilles à la cave. Il l'avale d'un trait pour se brûler la bouche, m'en redemande un second doigt. Je fronce les sourcils et la peau de son visage se tend d'un sourire irrésistible auquel ses hématomes donnent des allures d'arc-en-ciel. Comme je tarde, il secoue son verre et m'engage à me servir moi aussi. J'attrape un joli petit verre à digestif décoré d'une photo de geisha allongée au fond, il appartenait à pépé et mémé, comme toute la vaisselle que nous utilisons. Je me verse quelques centilitres d'eau-de-vie et la geisha apparaît, si jeune, si belle.

— On n'en fait plus, des comme ça. Tu sais qu'on a toute la collection de geishas. Par contre, aucun homme. C'est dommage, ça aurait fait rire ton arrière-grand-mère.

— Attends-moi ici, grand-père, je veux te montrer quelque chose.

Je laisse la bouteille de gnôle sur la table. Je sais qu'il se resservira, l'air de rien. Je descends à la cave. Lorsque je suis de retour, je porte un gros bac du congélateur en serrant les dents tant le froid brûle ma peau. Le niveau d'alcool a sensiblement baissé et grand-père remarque mon regard d'inspectrice des finances.

— Ils ont l'air bien lourds, ces surgelés…

Les barquettes en aluminium n'abritent pas les paupiettes de veau du petit cahier de mémé ou une autre de ses préparations. À l'intérieur, le givre qui recouvre les napoléons leur confère une aura magique, comme si l'or gelé était un fruit des océans polaires. Je sors les pièces, je les dispose une à une sur la table de la cuisine sous les yeux de grand-père. Il n'exprime rien. Pas un mot, pas un mouvement. L'opération prend de longues minutes avant que le plateau entier soit recouvert de pièces, visage médaille vers le haut.

— Il y en a d'autres au fond du congélateur.

Grand-père détaille les profils figés dans l'or. Plongé dans ses pensées, indéchiffrable. Peut-être se rappelle-t-il qu'un jour il m'a appris que les relations entre les gens sont comme une partie d'échecs et qu'il faut jouer sans rien dévoiler de sa stratégie. Grand-père montre du doigt les empereurs et les rois.

— Tiens, lui, c'est Charles X, il est pas connu, le bougre, pas grave, c'était un moins que rien. Il valait même pas la pièce sur laquelle on a gravé sa tête. Lui, là, on dirait Louis XVIII, on le voit pas sur la pièce mais en vrai il était bien gros et bien gras, c'est que ça mange, ces sales bêtes ! Ah ! Napoléon Ier ! Un boucher, une vraie ordure, celui-là, mais pour une raison que j'ignore mon père faisait partie du club des ânes qui l'avaient en admiration, il lisait plein de bêtises sur lui, il avait même des petits bustes ridicules, et du coup, quand ton père est né, il appelait son petit-fils l'Empereur. Je sais qu'il y a tout un tas de jeunes qui se mettent à déboulonner des statues d'esclavagistes, ben ça me gênerait pas qu'ils s'occupent aussi de ce salaud !

— Et lui ?

— Napoléon III, la honte ! Heureusement qu'il a laissé quelques meubles, sinon on l'aurait oublié. Tiens, en parlant de meubles, lui, là, c'est Louis-Philippe. Allez, c'est bien le moins pire de tous. En tout cas, ma petite Maud, c'est une belle brochette de salopards que tu as invités ce soir. Mais bon, je suis quand même un peu déçu…

— De quoi ?

— Pas une seule femme sur toutes ces pièces, elles doivent être coincées au fond du verre à gnôle, les femmes, reléguées au rôle de geisha, la parité en prend un coup de plus dans la gueule ! Ils auraient encore de quoi s'égosiller, ces messieurs-dames de la capitale, s'ils voyaient ça. Aucune reine ! À part toi, bien sûr, ma reine de l'Antarctique.

Je rigole. Grand-père se penche vers moi comme si même ici il y avait des sujets dont il fallait parler à voix basse.

— Alors… Tu as quelque chose à me dire…

La glace a fondu, le niveau des eaux a monté, inondant la table de mémé et pépé. Les nervures du bois dessinent de minuscules rivières et l'eau coule à la verticale depuis le plateau. On dirait l'une de ces représentations anciennes de la Terre lorsqu'on la croyait plate, avec l'eau des océans se déversant dans le néant. Je commence par raconter la découverte de l'or dans les fruits au sirop de mémé. Puis mes voyages masqués sur Internet, l'antenne indienne à la recherche de proies, la piste de l'or caché. Grand-père écoute sans ciller. Ma voix ne tremble pas lorsque j'évoque nos deux interventions violentes, en Lorraine et dans les Landes. J'insiste sur la prudence, la préparation, le sang-froid de papa, le professionnalisme de notre équipe. Je l'informe que nous avons encore quelques actions à entreprendre et ce sera fini. Une année de risques pour toute la vie à venir. Je lui dis aussi qu'on n'a aucun remords. Si on n'avait pas mis papa plus bas que terre, rien de tout ça ne serait arrivé.

— On ne fait que se défendre, grand-père.

Il reste silencieux, à hocher la tête dans le vide.

— Et toi, tu espères faire quoi de cet argent ? Des études, comme Alban ?

— Je veux aller en Antarctique.

— En Antarctique ?

— C'est tout de suite qu'il faut y aller.

— Tu as quand même un peu de temps avant que ça fonde, non ?

— Dans le contrat établi par la reine de Norvège, il est stipulé que les héritiers de mon arrière-grand-père doivent justifier d'un voyage sur la terre de la Reine-Maud au cours du siècle qui suit l'établissement de l'acte afin de valider la revendication.

La semaine dernière j'ai contacté le palais royal à Oslo, j'ai demandé un rendez-vous.

— Et ils t'ont répondu ?

— Oui.

— Ah bon !

— Faut bien qu'il y en ait qui répondent, parfois.

— Il est si important pour toi, ce kilomètre carré de glace ?

— Oui.

— Mmmm… Je suis pas tellement étonné que tu aies réussi à embarquer ton père dans tout ça, mais ta mère…

— Elle en a marre, maman.

— De quoi ?

— De se faire baiser.

— Ah…

— Se faire humilier. Fermer sa gueule. Qu'on la prenne pour une imbécile, une débile qu'a pas fait d'études. Tu te souviens de ce que tu m'as dit quand tu m'as emmenée à l'enterrement ? Celui qui dirigeait la Fabrique quand tu y travaillais.

— Non, je ne sais plus. Je dis beaucoup de choses…

— Moi je m'en souviens, je l'ai même noté sur un carnet. Tu m'as dit « N'oublie pas, ma petite Maud : il n'y a ni bonnes ni mauvaises armes. Au bout du compte, une seule chose importe. Rendre les coups. » Je l'ai appris par cœur. J'avais 7 ans.

— Mmmmm… Ces gens que vous avez agressés et à qui vous avez volé leur or, c'était qui ?

La question que j'attendais. Jusqu'à présent, j'ai dissimulé certaines choses, j'en ai adouci d'autres. J'ai présenté les cambriolages comme des formalités.

J'ai tenté de rendre acceptable ce qui devrait être inconcevable aux yeux d'un grand-père, même si grand-père n'est pas vraiment un grand-père comme les autres. Jusqu'à présent je n'ai pas menti. Pas encore.

— Maud ! C'était qui, ces gens ?

— En Lorraine, c'était l'ancien DRH d'une filiale locale de France Télécom. Il avait même été cité dans l'affaire des suicides. Mais pas inquiété. C'est en découvrant ça que je l'ai choisi.

— Et les autres ?

— Un avocat spécialisé dans l'optimisation fiscale. Il conseille des grandes fortunes. Sa femme était directrice de banque.

J'ai parlé comme si j'arrivais à me convaincre moi-même de mes mensonges. Grand-père me regarde, sans une parole sans un geste. Ses yeux à l'intérieur des miens et c'est moi qui détourne le regard, je feins de chercher au fond de ma mémoire des mots que lui et moi connaissons par cœur.

— « Le faible ne vivra pas. Sauf en cas de mort du puissant. » Tu vois, grand-père, je me souviens de tout ce que tu m'as appris.

Grand-père reste muet. Il ne me dit pas que je mélange tout ni que je suis trop jeune pour comprendre. Ni que je suis une manipulatrice. Il fixe la table où il ne reste rien de la glace. L'eau s'est répandue sur le sol, absorbée par la terre battue de la cuisine, en route vers des nappes phréatiques dont déjà lorsque j'étais enfant grand-père me répétait qu'elles étaient polluées par des « cochons de capitalistes à petits zizis », la formule était de lui bien sûr et elle me faisait rire. Sous la lumière du même cône qui éclairait mes arrière-grands-parents, les despotes semblent soudain évadés d'un Photomaton. Sans les scintillements du givre, figures royales et impériales ont perdu leur éclat. Elles sont fades, ternes. La magie n'opère plus. Disparu, le charme. Enfoui sous terre avec le dégel de l'eau.

Est-ce que grand-père me croit quand je lui dis que ceux que nous avons dépouillés sont les individus qu'il hait le plus ? Ceux dont il considère qu'ils volent les honnêtes gens, leurs vies comme leurs rêves ? Je ne sais pas, mais je suis persuadée qu'il a envie d'y croire. Et qu'il viderait bien un dernier verre pour sourire une fois encore à la geisha. Nous restons là longtemps, reclus dans un silence ponctué du bruit de l'or que je range méticuleusement à l'intérieur des barquettes en aluminium.

Grand-père attrape un napoléon, il murmure l'inscription sur la tranche *Dieu protège la France*, puis il nous sert à tous les deux un dernier doigt d'eau-de-vie. Avant d'y porter les lèvres, il jette un œil à la geisha allongée au fond de son verre. Cette femme doit être morte aujourd'hui, mais à travers les années et la gnôle ses yeux simulent encore le désir d'être désirée et ils vont loin, très loin à l'intérieur du vieil homme.

— Et moi, ma petite Maud, dans cette histoire de fous, c'est quoi, mon rôle ? Parce que si tu m'en parles, c'est que tu m'en réserves un, non ?

Un site d'extrême gauche a publié un portrait du mystérieux Kristian Christiansen, on y lit qu'il est le quatrième enfant d'une famille d'exploitants de mines de fer dans le nord de la Norvège. Déjà puissants au XIXe siècle à travers des industries textiles et une flotte de bateaux de pêche, les Christiansen ont accru leur richesse en vendant du fer à l'Allemagne pendant la guerre de 1870. Puis au cours des deux conflits mondiaux, où le minerai norvégien, plus pur que celui des mines allemandes, permettait la fabrication d'un acier de meilleure qualité destiné aux chars d'assaut et aux canons. Inquiétée à la fin de la Seconde Guerre, la famille Christiansen avait échappé aux accusations de collaboration avec le pouvoir nazi en produisant une série de témoignages démontrant que, suite à son annexion de la Norvège, le IIIe Reich avait contraint les Christiansen à vendre leur fer sans leur laisser d'autre choix. Parallèlement, la famille Christiansen organisait la fuite de juifs et finançait des opérations de résistance destinées à dynamiter les convois de fer sortis de ses propres mines. Le site d'extrême gauche ne manque pas de signaler l'ironie de la situation :

en faisant dérailler les trains, la Résistance norvégienne ne faisait qu'accroître la demande de fer du Reich, remplissant toujours plus les carnets de commandes des mines Christiansen, avec pour effet d'augmenter les prix. L'Allemagne nazie payant son fer rubis sur l'ongle, les Christiansen étaient gagnants sur tous les tableaux.

Je continue ma lecture et j'apprends qu'avant de créer son laboratoire d'idées, le think tank Greenworld, consacré aux investissements financiers en zones de guerre, Kristian Christiansen a d'abord fait un stage à l'Institut international de recherche sur la paix de Stockholm, puis à l'Institut international de recherche pour la paix de Genève. Célibataire, sans enfants, l'article indique qu'on ne lui connaît aucune relation amoureuse. Privilégiant les amitiés féminines, il se définit lui-même comme misandre, revendique une détestation de la masculinité, une haine de l'homme et une volonté de privilégier en toute chose ce qu'il appelle « le point de vue féminin ». Le journaliste conclut en mentionnant les relations entre son think tank et les entreprises Christiansen, dirigées par ses trois frères, ainsi que celles de ses nombreux cousins. Des conflits d'intérêts aux marges de la légalité mais qui ne justifient en rien l'accusation de crime contre l'humanité émanant de La Haye.

Cinq heures après la lecture de l'article, j'obtiens le courriel personnel de Kristian Christiansen en piratant le site de l'entreprise de nettoyage des parties communes de l'impasse privée où se situe sa maison. Et lui écris. Avec pour seule arme le culot de mes 16 ans.

Cher Kristian Christiansen,

Il y a presque un siècle, nos deux arrière-grands-pères partageaient quelques vivres et survivaient ensemble aux glaces de l'Antarctique. Je me permets de vous faire suivre ci-joint un extrait du journal de mon ancêtre présent auprès d'Anders Christiansen dans ce moment difficile et subjuguant. Ces pages relatent leur aventure commune, le pénible choix qu'ils firent et auquel nous devons vous et moi d'exister. Elles pourraient vous intéresser.

Pour une raison que vous comprendrez à la lecture du journal, j'ai fait la demande d'un rendez-vous au palais royal et serais extrêmement honorée de vous rencontrer lors de mon passage à Oslo.

Bien sincèrement à vous,

Maud Morgan

Sans m'en rendre compte, j'ai signé du nom de jeune fille de ma grand-mère. Est-ce une manière de corriger cette tradition patriarcale qui vole le nom des femmes ? Est-ce parce que c'est celui de cet ancêtre Alban qui me fascine ? Ou parce que Morgan signifie « de la mer » en breton ? Maud de la mer, et qu'importe laquelle, de mer, car toutes sont faites de cette même eau qui constitue nos corps pour plus de la moitié. Je divague, je divague… Sur la terrasse du café de la place de la Fabrique, Raphaël m'écoute m'enliser en chavirant de plaisir à l'idée que je vienne de profondeurs étranges et marines. Ses yeux ont réellement changé de taille puis d'altitude lorsque j'ai évoqué mes mails au palais royal d'Oslo ou à Kristian Christiansen. J'attrape mon smartphone, je fais défiler des messages et lui tends l'appareil.

— C'est quoi ?
— La réponse du département des Rendez-vous du palais d'Oslo.
— Le roi accepte de te rencontrer ?
— Pas le roi, mais un de ses représentants.
— J'y crois pas… Tu vas y aller ?
— Oui.
— Avec tes parents et Alban ?
— Et même avec mon grand-père. Tous ensemble.
— C'est génial. TU es géniale.
— Je sais.
— Et Christiansen ? Il t'a répondu ?
— Non, pas encore, mais je pense qu'il le fera. Je sais pas pourquoi, mais je pense qu'il va m'écrire.
— Tu lui diras quoi, si tu le vois ?
— Je sais pas. Je saurai le moment venu.
— T'es pas un peu amoureuse de lui ?
— …
— Tu es amoureuse de lui, non ? Avoue !

Raphaël rigole. Je reste immobile à contempler mon reflet dans le verre de bière avec l'impression brutale de découvrir à cet instant précis que je suis une autre que celle que je crois être. Je me tourne vers ces réverbères que je connais bien, les balcons des maisons, ceux-là mêmes où l'on a pendu quatre-vingt-dix-neuf hommes ce jour de 1944. Et je m'imagine, là. Quelques décennies auparavant. Je me vois rire avec les SS des corps qui se débattent, aller quérir leurs derniers regards en levant un verre de champagne vers eux. Je découvre que je n'éprouve plus aucun effroi pour le sort des victimes, ni celles-là, ni aucune autre nulle part. Une forêt a secrètement grandi à l'intérieur de moi, à mon insu, des arbres étranges habitent mon cœur et mon crâne, une sève séculaire voyage dans mes veines, y déposant des odeurs âcres, des ombres soudaines.

— Ça va, Maud ? Tu te sens bien ?

Grand-père, mes parents, mon frère et moi quittons notre maison de Santa-Fé, direction l'extrême nord de l'Europe et ses villes essaimées de banques discrètes, de jardins géants pour enfants et vieillards, ses bords de mer propres et ses mines de fer pour la guerre. Nous avons loué un monospace aux allures de cercueil technologique dans lequel papa a planqué notre or, les napoléons, compagnons de fortune d'une campagne de quelques milliers de kilomètres. Dans le siège passager, la fameuse place du mort, il y a grand-père. Sur les routes, ses huit décennies ont valeur de sauf-conduit à n'importe quel contrôle de police. C'est là son premier rôle. Une famille française en voyage à travers l'Europe, une invitation au palais royal d'Oslo après une halte à la Cour pénale internationale de La Haye. Difficile de trouver meilleure couverture.

Pour revendre l'or, j'ai étudié des fils de conversation de blogs où s'affichent en toute lumière les meilleurs moyens de blanchir des ducats illégalement acquis. À la Belgique ou à la Suisse j'ai préféré l'Allemagne. Aucune taxe sur la vente, aucun plafond.

Et profusion de partenaires peu regardants sur l'origine du précieux métal. L'or étant considéré comme un « bien meuble », il peut être transporté partout dans l'Union européenne, notre seul risque alors est de nous faire détrousser. Nous vendrons les deux tiers de notre butin à Hambourg puis ouvrirons un compte bancaire à Oslo sur lequel nous aurons chacun procuration. Nous y déposerons les liquidités, et dans un coffre privé l'or que nous conservons. La fameuse valeur refuge.

J'ai planifié un trajet en marge des grands axes, des étapes dans des villes qui toute notre vie auraient dû rester des noms échappés du journal télévisé. Je n'ai pas obtenu de rendez-vous à la Cour pénale internationale de La Haye mais nous nous y rendrons quand même. À l'accueil, nous les mettrons face à leur silence. Nous sommes début septembre. Alban et moi manquerons les deux premières semaines de terminale et je ne vois plus qui considérerait aujourd'hui qu'il y a quoi que ce soit de grave là-dedans. Le 11 septembre, lorsque l'argent sera à la banque, que j'aurai rencontré le représentant du roi et peut-être même Kristian Christiansen, nous fêterons mes 17 ans à Oslo. J'espère à cœur ouvert. À mon retour, je serai majeure moins une.

Première étape, Vichy. Maréchal, nous voilà ! Contre toute attente, grand-père s'autorise à apprécier l'élégance du lieu, goûte le luxe, savoure son premier repas gastronomique sans même nous parler, selon ses expressions habituelles, du « maréchal Putain » ni des « vichystes qui ont essuyé leur merde dans les cures thermales ».

Avant d'aller nous endormir, nous marchons dans l'air chaud du soir, passant de kiosque en kiosque où résonnent des musiques jouées sous nos yeux, des instruments sans électricité, ils apportent une douceur qui apaise. Grand-père me tient par le bras, observe de loin quelques couples improvisant des valses d'été en plein air sous les arbres centenaires, tous sont vêtus d'habits clairs. Ils ne portent pas de tee-shirts mais des polos. Lorsque je lui demande s'il dansait avec grand-mère, il dit :

— Oh… tu sais…

Et les points de suspension ont valeur de réponse. Nous passons devant le casino, nous nous asseyons sur un banc et regardons les clients entrer et sortir. Il y a des voitures de marque allemandes, des hommes de tous âges. Il y a des femmes en robes de soirée dont grand-père se régale comme s'il était au zoo. Il commente. Il est parfois un peu vachard mais il est tendre, aussi. Je découvre qu'il est capable de ne pas juger tout le monde tout le temps.

— Allez, ma grande, il est l'heure de rentrer, nous avons beaucoup de route demain et je suis fatigué.

Alban et moi raccompagnons grand-père à l'hôtel, nous le tenons chacun par un bras. Il ne dit rien mais il est heureux. Papa et maman sont déjà dans leur chambre, probablement à profiter de la literie. Grand-père nous demande de le laisser dans le hall d'entrée.

— Allez vous promener jusqu'à minuit et même plus ! Allez, filez, les jeunes ! Je veux plus vous voir ! Profitez un peu, que diable !

Nous embrassons grand-père qui commande un armagnac assis au bar, d'où il nous envoie des baisers de la main.

Nous retournons sur la promenade et ses kiosques à musique. Il est tard mais il y a du monde dehors, nous nous installons en bordure de terrasse, je commande une bière en croisant quelques regards qui s'égarent jusqu'à ma main morte. Pour un peu je l'aurais oubliée. Ça et tant d'autres choses. Je mesure combien le bien-être est source d'amnésie. Mon smartphone vibre. J'ouvre ma boîte de réception et lis le dernier mail en faisant une pointe d'arythmie cardiaque.

Chère Maud Morgan,

Veuillez me pardonner ce retour tardif, mais comme vous pouvez le comprendre, je devais vérifier l'exactitude de vos informations. Prendre aussi des renseignements sur vous. Je suis, vous n'êtes pas sans le savoir, au cœur d'une bien regrettable polémique internationale.

Quelle passionnante aventure que celle de nos ancêtres ! Je serais heureux d'en discuter avec vous après votre entrevue au palais royal. Je nourrissais pour mon arrière-grand-père Anders, que j'ai peu mais intensément connu, une admiration sans bornes.

Sincèrement à vous,

Kristian Christiansen

Le lendemain, nous partons à l'aube. Depuis sa place du mort, grand-père observe les promenades désertes, kiosques vides, silhouettes voûtées des curistes, casino fermé. Il sait qu'il ne reverra jamais ces lieux-là. Son regard glisse vers la route, se demandant où elle nous mènera.

Nous traversons le parc régional du Morvan puis la ville de Troyes. Parfois surgissent des traces de beauté dans l'herbe pénétrée de brume des bocages ou dans les maisons à colombage du XVIe siècle, leurs toits recouverts de tuiles de châtaignier. Nous croisons les silhouettes sans visage des gens qui ont décidé de vivre là. Et d'y mourir. Nous poursuivons jusqu'à la cité des rois. Devant la cathédrale de Reims, papa et maman ne m'appellent plus Mo mais Reine Maud. Ils sourient sans se moquer. Nous reprenons la route, direction la Belgique, grand-père raconte l'histoire des rois qui ont été sacrés à la cathédrale Notre-Dame. Il a la culture des vieilles personnes capables de réciter par cœur une poésie apprise en cours élémentaire. Je vois que papa mesure alors pour la première fois toute l'intelligence, toute la liberté qu'un tel savoir offre à son père.

Nous arrivons à Anvers à la tombée du soir. Après le dîner, nous marchons ensemble dans le quartier des Diamantaires.

— Ce n'est pas uniquement la pierre qui est précieuse, explique papa, c'est surtout la main qui la taille et l'œil de celui qui décide du prix à lui donner. J'ai vu un documentaire qui parlait de ça. Certains diamants sont récoltés par des enfants dans des conditions… Pffff, on les appelle les diamants de sang.

Je ressens dans la voix de mon père la mélancolie des hommes qui observent le monde de si loin qu'ils ont l'impression de ne pas en faire partie. Et je vois grand-père prendre la main de son fils, la serrer très fort dans la sienne.

— Je souhaiterais voir M. Jean-Hugues Drapier, s'il vous plaît.

— De la part de qui, je vous prie ?

— Maud Morgan.

— Je ne vois pas votre nom. À quelle heure avez-vous rendez-vous ?

— Je n'ai pas rendez-vous.

— Alors je crains que ce ne soit pas possible. Je suis désolée, mademoiselle Morgan, mais M. Drapier ne reçoit pas sans rendez-vous.

— Je vous serais reconnaissante d'appeler son secrétariat. Faites-leur savoir que Maud Morgan, qui a contacté M. Drapier des dizaines de fois sans réponse et qui a fait plus de 1 000 kilomètres pour le voir, est ici.

Le visage de l'hôtesse d'accueil de la Cour pénale internationale de La Haye se crispe. Elle lance un regard à l'agent de sécurité qui s'est discrètement rapproché.

— Je vais vous demander de patienter quelques instants. Je vais voir ce que je peux faire.

Grand-père, qui a souhaité m'accompagner, m'entraîne vers d'impeccables sièges en cuir. L'hôtesse d'accueil en conversation téléphonique avec le secrétariat de Jean-Hugues Drapier ne cesse de hocher la tête. Lorsqu'elle raccroche, je me lève pour la rejoindre, mais grand-père me saisit le bras.

— Laisse, c'est à elle de venir.

L'hôtesse approche en faisant un signe à l'agent de sécurité qui lui emboîte le pas. Elle se poste devant nous.

— Je suis désolée, mais M. Drapier est absolument indisponible. Vous devrez revenir plus tard en ayant préalablement pris rendez-vous auprès de son secrétariat.

Derrière elle, l'agent de sécurité fait un pas de plus. Je suis au bord d'exploser. Grand-père me retient de nouveau.

— M. Drapier est occupé, c'est cela ? dit-il.

— Absolument.

— Alors nous attendrons ici.

— Mais... C'est impossible, monsieur.

— Et moi je vous dis que nous attendrons que M. Drapier soit libre. Nous avons tout notre temps.

L'agent de sécurité dépasse l'hôtesse. La demande de quitter les lieux se mue en ordre.

— Vous devez vous en aller. Vous ne pouvez pas rester ici. Je vous prie de ne pas faire d'histoires.

— Et moi, jeune homme, je vous dis que nous restons là. Nous ne ferons pas d'histoires mais nous res-tons là !

— Comme on vous l'a déjà indiqué, c'est impossible.

— Mais si, c'est parfaitement possible, regardez. Vous voyez…

Grand-père fait mine de prendre ses aises dans le fauteuil et l'agent de sécurité se tourne vers ses collègues qui attendent plus loin. Ils se mettent en mouvement, approchent. Leurs costumes n'ont rien à voir avec ceux de papa et maman lorsqu'ils s'en vont surveiller les boîtes de conserve du supermarché.

— Je vous conseille de contacter vos supérieurs avant de lever la main sur un vieil homme et une jeune fille handicapée, prévient grand-père, car nous ne bougerons pas. Je dis ça parce que je vous trouve sympathique malgré les manières en cours ici et je ne voudrais pas que vous perdiez un si bon travail à cause de nous.

L'agent de sécurité fait signe à ses collègues de s'arrêter. Il s'écarte, parle dans son talkie-walkie. Lui aussi ne cesse d'acquiescer à son interlocuteur. La conversation dure quelques minutes avant qu'il revienne vers nous.

— Vous pouvez rester ici, mais si vous posez le moindre problème, nous devrons appeler les forces de l'ordre.

— Ah… Alors dites-leur de venir nombreuses, ironise grand-père avant de me faire un clin d'œil.

La disposition du hall d'entrée et les murs de verre donnent une impression de transparence sans bornes. Grand-père et moi restons là toute la journée, à regarder la valse des femmes et des hommes entrant et sortant comme nous l'avons fait au casino de Vichy. Caucasiens, Africains, rares Orientaux. Tous vêtus d'élégants costumes occidentaux de marque aux plis parfaits.

— C'est qu'ils font de bons portemanteaux, tous ces salauds ! conclut grand-père.

En milieu d'après-midi, il y a une agitation nouvelle. Grand-père et moi comprenons que nous ne sommes plus l'objet de l'attention des agents de sécurité. Les appareils des photographes de presse autorisés à œuvrer ici sont orientés vers un Africain d'une quarantaine d'années, lui aussi prisonnier d'un impeccable costume. Gris lamé, chemise rose pâle, cravate bleu indigo. Carrure athlétique. Poignets enserrés de menottes. Il baisse la tête, n'offrira pas son regard aux journalistes, ne leur donnera pas son âme.

— C'est qui, celui-là ? demande grand-père d'un ton railleur.

Je démarre comme une mitraillette à paroles.

— Dominic Ongwen. Né en 1975. Soixante-dix accusations de crimes contre l'humanité, crimes de guerre, viols, mariages forcés… C'est une star, grand-père !

— Rien que ça… Et tu le connais ?

— Sur le bout des doigts ! C'est le premier enfant soldat condamné par la CPI. Il a été enlevé par des rebelles de l'Armée de résistance du Seigneur en Ouganda. Ensuite il a lui-même enrôlé des enfants, certains avaient 6 ans. Il a participé aux massacres de camps de réfugiés, il a éventré des gosses, brûlé des bébés…

— C'est bon, c'est bon, épargne-moi les détails, tu veux ?

— Je connais la newsletter de la CPI par cœur. Il est accusé des crimes dont il a lui-même été victime. À la fois victime et bourreau.

C'est là que le bourreau – ou la victime – me regarde. Il me fixe moi, personne d'autre. Ses yeux sont comme les miens ou ceux de grand-père. Rien de plus, rien de moins. Puis il disparaît.

Une heure plus tard, un homme à la chevelure blanche traverse le hall. Je reconnais sa crinière d'argent et dis à grand-père :

— C'est lui.

— Qui ça, lui ?

— Drapier. Celui qui travaille sur l'affaire Christiansen.

— Et alors ? Tu ne vas pas le voir ?

Non, je ne bouge pas, j'observe l'hôtesse d'accueil qui approche du juge. Lui parle, me regarde, me montre discrètement du doigt. Jean-Hugues Drapier ne se retourne pas. Il s'éloigne sans me voir, me laissant avec le seul regard qui aura aujourd'hui plongé dans le mien. Celui d'un homme accusé de crime contre l'humanité. Lui m'aura vue.

À Hambourg, nous ne rencontrons aucune difficulté pour vendre l'or divisé en plusieurs lots. Les marchands, habitués à traiter avec des vendeurs étrangers, ne posent aucune question sur la provenance des pièces, tacitement assimilées à un héritage non déclaré. Nous ne possédons aucun papier officiel et le métal est méticuleusement testé par des experts. Dans nos relations avec les acheteurs, l'âge de grand-père agit comme un filtre éteignant toute suspicion de vol, toute défiance. Il ne viendrait à l'esprit de personne que nous sommes des malfaiteurs. Ni même de nous poser la moindre question embarrassante. Ça arrange tout le monde.

Nous quittons la ville sitôt l'or vendu. Nous longeons la mer Baltique, ses plages froides et brunes jusqu'à Lübeck puis poursuivons en direction de Puttgarden, où un ferry nous emmène au Danemark. Depuis le pont du bateau, je regarde la côte s'éloigner dans la grisaille de la fin du jour. Les embruns charrient des odeurs glacées qui me sont étrangères, insolites. Un brouillard s'est levé, accentuant le caractère irréel que prend notre voyage, cette sensation de passage d'un monde à l'autre. La surface de l'eau est calme, on la dirait lourde d'un poids qui serait celui du temps, comme s'il s'écoulait ici moins vite que dans les pays du Sud.

Les jours et les kilomètres défilent, nous traversons le Danemark puis la Suède avec l'impression que la distance parcourue exclut tout retour en arrière. Notre monospace avance sans bruit sur des routes parfaites au milieu d'une nature si propre qu'on la dirait sortie d'une machine à laver ou balayée par une armée de travailleurs invisibles. Le voyage à travers les fjords, les grandes forêts du Nord où la lumière claire et distincte met en relief les couleurs et les matières, est aussi un voyage intérieur, calme et tranquille, serein. Nous avons décidé de vivre dans l'illégalité et ce choix fait lui aussi son chemin en chacun de nous. Lorsque nous rentrerons en France et recommencerons à dépouiller des hommes et des femmes de leurs richesses, lorsque nous aurons de nouveau les mains dans la violence, nous saurons que cette décision a été longuement éprouvée dans l'air propret des pays nordiques, leurs paysages défilants, supposés immuables.

À Oslo, nous ouvrons quatre comptes bancaires. Quatre assurances vie établies à nos quatre noms, papa, maman, Alban et moi. Et pour lesquelles nous sommes tous bénéficiaires les uns des autres. Dans le coffre d'une cinquième banque, nous déposons l'or que nous n'avons pas vendu. Dans un an, nous ferons un nouveau voyage avec le butin accumulé et procéderons de la même manière. Si mes prévisions sont exactes, nous serons alors à la tête d'un capital qui nous permettra à tous d'envisager une autre existence aussi longtemps que nous vivrons. Papa et maman posséderont un commerce. Alban et moi deviendrons des citoyens comme M. Jean-Hugues Drapier. Des individus cultivés, élégants, au niveau d'études supérieures. Grand-père mourra dans un lit ou dans le jardin, d'une mort douce. Une mort normale. Une famille modèle. Et plus personne, jamais, ne nous regardera de haut. Nous aurons enculé le déterminisme social, aurait pu dire grand-père s'il était grossier. Certes sans gloire, mais nous l'aurons enculé.

Le soir, dans les restaurants à la lumière tamisée des quartiers huppés d'Oslo, nous parlons de tout cela sans gêne ni tabou, nos ambitions, nos stratégies d'enrichissement, nos rêves que l'argent volé nous permettra de réaliser. Mon regard glisse sur les clients des tables autour de nous. Les cartes des restaurants indiquent des prix exorbitants devant lesquels tousse grand-père. Beaucoup de clients sont jeunes, très jeunes, et je me demande d'où sort leur argent. Je ne peux m'empêcher de penser que d'une manière ou d'une autre leurs diamants à eux aussi proviennent des crimes de leurs ancêtres. Où que je pose le regard, je ressens une insouciance. Une joie de vivre et de posséder. Notre vie corrézienne il y a encore un an me semble si loin. Il n'en reste que la peau du bout des doigts de papa noircie par le métal des armes conçues à la Fabrique.

La façade du palais royal d'Oslo est un mur brutal, dépourvu de nuances. Le noir et blanc des anciennes photos lui conférait une splendeur que diluent les teintes crème qu'elle affiche aujourd'hui. J'avance vers l'entrée du palais, les documents officiels de mon arrière-grand-père rangés dans le classeur que je serre contre moi. Depuis mon départ de Santa-Fé, j'ai répété mon texte des milliers de fois dans ma tête. J'ai imaginé toutes leurs questions et toutes mes réponses. Ce matin, maman a brossé mes cheveux avec une lenteur dans laquelle elle a mis beaucoup de tendresse, attentive à ne pas violenter mes racines. Pendant ce temps, grand-père me faisait les recommandations d'usage pour le cas où je rencontrerais des membres de la famille royale, et papa s'escrimait comme jamais à repasser des habits choisis avec grand soin. Alban et lui m'ont accompagnée jusqu'à l'entrée du domaine royal. Ils attendront à l'extérieur des grilles, à la terrasse d'un café aux serveurs habillés comme des laquais. Je serai seule pour cette rencontre. J'ignore toujours la raison pour laquelle mon arrière-grand-père a fait de moi précisément l'héritière de ce droit à la revendication d'une parcelle de 100 hectares d'Antarctique. Un kilomètre sur 1 kilomètre. Une part de rêve, la possibilité d'un espoir. Celui d'une terre sans maître.

On me demande d'attendre dans une salle vide où mon reflet semble multiplié à l'infini par le jeu des miroirs recouvrant les murs. Le temps est long en compagnie de ces autres moi-même, immobiles, mutiques, je les regarde et me fais l'effet d'un meuble oublié. La porte finit par s'ouvrir. Un homme me prie de le suivre. Nous n'entrons pas dans un bureau comme je l'escomptais mais dans une immense salle, longue table, plafonds inaccessibles cernés de frises discrètes et de hautes fenêtres convoquant une lumière sans ombres. Tout est clair ici, à l'exception d'une trentaine d'hommes aux allures de dignitaires, costumes sombres et cheveux blancs, sourires crémeux. Le secrétaire personnel du roi prend la parole, me souhaite la bienvenue, excuse l'absence du souverain Harald V. Il m'informe que les personnes présentes sont des avocats de droit international et des juristes représentant les intérêts de la royauté et de la nation. Le secrétaire du roi félicite ma jeunesse et mon implication, ma passion, il loue les relations profondes et cordiales entre nos deux pays. Puis il me demande d'exposer les raisons de ma présence ici. Préambule purement formel, car tous connaissent le motif de ma venue. J'ai alors un sourire pour la jeune fille de presque 17 ans reçue par ces hommes puissants et je me dis, oui, quel mystérieux pouvoir que celui de ma jeunesse. Je me concentre, me compose un visage marmoréen. Je ne parle pas. J'attends, je les observe puis, de ma seule main gauche, je sors lentement les documents officiels de mes dossiers que je dispose devant moi en éclaircissant mes idées. S'il y a tant de monde, c'est que ma revendication a une légitimité. C'est aussi qu'elle soulève des questions. Des problèmes. Aussi frontalement et précisément que possible, dans un anglais de type universitaire appris grâce à des applications Internet, je rappelle les liens qui unissent mon ancêtre et le royaume de Norvège, les expéditions sur la terre de la Reine-Maud et le document signé de cette dernière octroyant 1 kilomètre carré de glace à mon arrière-grand-père.

— Est-ce à dire que vous et votre famille revendiqueriez sérieusement un droit sur le droit à la revendication lui-même formulé par la Norvège concernant la propriété de certaines parcelles de l'Antarctique ? demande un avocat.

— Absolument. Je compte prochainement effectuer moi-même un déplacement en Antarctique afin de respecter les exigences formulées par la reine Maud. Soit le voyage d'un des descendants de M. Morgan au cours du siècle. Et faire ainsi prévaloir mon droit.

— L'Antarctique, vous n'êtes pas sans le savoir, est la dernière *terra nullius* de la planète.

— La dernière terre sans maître.

— Juridiquement parlant, la Norvège, pas plus que tout autre pays, ne possède aucun territoire en Antarctique. Simplement une… option sur le futur.

— Je sais tout cela, dis-je calmement sans les regarder. Je sais aussi que le monde change. Et qu'il n'en sera pas toujours ainsi.

— Justement. Ce document n'a qu'une valeur symbolique, mademoiselle…

— Vraiment ? Si c'était le cas, je doute que vous soyez là si nombreux aujourd'hui. Si c'était le cas, vous ne m'auriez pas reçue.

— Votre arrière-grand-père et la reine Maud vivaient à une autre époque. Nous sommes à présent dans un monde différent, globalisé. Vous conviendrez, mademoiselle, que la Norvège ne peut tolérer qu'une partie si infime soit-elle de la terre de la Reine-Maud soit aliénée à un propriétaire privé.

— Pour quelle raison ?

— Pour de nombreuses raisons. Par exemple, vous pourriez revendre ce territoire à une puissance étrangère.

— Qui pourrait y installer une base militaire.

— Ou toute autre chose.

— Ce n'est pas mon intention.

— Et quelle est-elle, mademoiselle ? Quelles sont justement vos intentions pour ce territoire ?

L'homme qui pose cette question n'est pas face à moi mais dans mon dos. À en juger par le bruit de ses pas sur le plancher, il est le seul ici à se tenir debout. Je réponds sans me retourner :

— Je souhaite que jamais cette terre ne soit la propriété d'aucun pays. Je souhaite y mourir. Et que mon corps y soit enterré.

Il y a un silence. Ma réponse gêne, comme si elle abritait une part d'irrationnel. Quelque chose dont les représentants d'une nation ne peuvent discuter. Et sur quoi ils n'ont pas de prise. La voix derrière moi se fait alors douce. Mais pas par calcul ni pour me manipuler. Je ressens une sincérité dans le ton. Une chaleur bienveillante. Un sourire, une tendresse possible.

— Quand cela arrivera, jeune fille, et permettez-moi de souhaiter que cela arrive dans très longtemps, reposer pour l'éternité dans la glace de l'Antarctique est une chose que la Norvège pourrait vous concéder. Tout comme il serait même envisageable que ce territoire porte le nom de votre ancêtre, Alban Morgan. Ce serait là une belle manière d'honorer la mémoire de ma grand-mère, la reine Maud. Je pourrais personnellement m'engager à formaliser cela dans un nouveau contrat entre votre famille et la mienne. J'en serais… heureux.

Je ne me retourne pas vers ce roi qui marche dans mon dos. Je ressens un élancement dans ma main morte. Un froid qui brûle comme une lame posée sur des chairs à vif. Je n'ai rien contre cet homme, et pourtant je ressens à son encontre la même rage que s'il était de facto mon ennemi. Tous ici se lèvent, témoignant leur déférence au monarque. Pas moi. Je parle sans même le regarder.

— Si je puis me permettre, Votre Majesté, je me suis mal fait comprendre. Je souhaite mourir et être enterrée sur une terre qui n'appartiendra jamais à aucune nation. Je veux que lorsque les nations se seront partagé l'Antarctique, il reste encore ces 100 hectares. Libres.

— Alors c'est une chose impossible, jeune fille.

— Remettriez-vous en cause la parole engagée par votre grand-mère ?

Une vague d'indignation soulève les avocats devant ce qui leur apparaît comme une insolence intolérable.

— J'ai du respect pour la jeunesse et son romantisme, jeune fille, sa colère parfois salutaire, mais…

Le roi ne finit pas sa phrase et s'éloigne sans que je me sois retournée, sans lui avoir serré la main. Si l'occasion s'était présentée j'aurais tendu celle qui est morte. Le secrétaire du roi poursuit, avec l'intention de conclure cet entretien.

— Sa Majesté vous a fait connaître sa position, mademoiselle. Nous sommes persuadés que vous la comprendrez et la respecterez. Si toutefois ce n'était pas le cas, les avocats et les juristes ici présents sauront rappeler à la Cour dont l'autorité sera légitime pour juger cette affaire que l'acte établi par la reine Maud stipulait que la Couronne entendait par ce droit à la revendication célébrer les services et le sacrifice de votre ancêtre, ses deux mains coupées. Or il apparaît, et nous en avons la preuve, que M. Alban Morgan a jusqu'au dernier jour conservé l'usage de ses deux mains, ce qui signifierait que Sa Majesté la reine Maud aurait été dupée, et le contrat serait caduc.

Mais une fois encore, et j'en suis certain, vous aurez la sagesse de vous ranger à la raison plutôt que de vous lancer dans une interminable et coûteuse bataille juridique dont, nous le savons, ni vous ni votre famille n'avez les moyens. Et que vous perdrez.

Maman vient me réveiller mais je ne dors pas, je ressasse mon rendez-vous au palais royal sans rien regretter de mon attitude, mais regrettant tellement celle du roi et de ses avocats voleurs de rêves. Je consulte mes messages toutes les cinq minutes, espérant un signe de Kristian Christiansen. Qui ne viendra pas. Ce matin, maman voulait être la première à me voir.

— Tu es sortie de là il y a dix-sept ans, joyeux anniversaire, ma puce, dit-elle en me serrant contre son ventre.

Ou plutôt ses abdos. Elle me regarde, caresse mes cheveux dans le lit de cette chambre d'hôtel d'Oslo avec beaucoup de douceur mais aussi une urgence face à mon enfance enfuie et la violence désormais tapie à notre porte, ce danger, une inquiétude devenue notre quotidien. Elle me dit que tout est passé si vite. Serons-nous ensemble pour mes 18 ans ? Maman a un cadeau, une histoire à me raconter.

— Pour l'anniversaire de tes 3 ans, nous sommes partis en Bretagne comme on le faisait chaque année, tu étais toujours reçue comme une reine là-bas.

C'est ton arrière-grand-père Alban qui avait suggéré qu'on t'appelle Maud. Ton père et moi, on n'avait pas trop d'idées, on aurait bien voulu un prénom américain, quelque chose de moderne, tu vois. Mais Maud, ça nous allait aussi, et puis ça lui faisait tellement plaisir, à papi, d'autant qu'on avait déjà appelé ton frère Alban. On vivait loin les uns des autres, on se voyait peu, c'était une manière d'être ensemble. J'aimais beaucoup papi Alban, tu sais, toute petite il m'emmenait sur la plage et m'apprenait à pêcher les palourdes. Quand tu avais 1 an à peine, on y est allés et c'est là que tu as touché la mer pour la première fois. J'avais peur que tu pleures car les vagues étaient froides mais tu riais. Pour tes 2 ans, il n'avait déjà plus entièrement sa tête, il nous demandait qui on était toutes les cinq minutes. Il n'allait plus seul au bord de la mer, sinon il se perdait et ça le désolait d'en être réduit à ça, parfois il était conscient de ce qui lui arrivait et il était triste, ça faisait mal à voir. Il restait dans le jardin, il taillait les rosiers avec ses sécateurs. Lorsqu'on est revenus pour l'anniversaire de tes 3 ans, il souriait tout le temps mais on sentait qu'il avait peur de quelque chose, de nous, de ce qu'il ne savait plus, avait oublié. Il parlait uniquement en breton, des mots désordonnés avec lesquels il essayait en permanence de raconter son aventure auprès des explorateurs norvégiens. Le jour de tes 3 ans, ton père et moi on est allés au village pour acheter des bougies magiques, celles qui se rallument après qu'on a soufflé dessus, on t'a laissée à mes parents et puis tu ne lâchais pas pépé Alban qui vivait maintenant avec eux, toujours à trafiquer dans le jardin, à s'occuper des rosiers. Il imitait aussi les animaux, t'apprenait des mots bretons. Tu étais la seule dont il ne demandait pas qui tu étais. Sur la route du retour, nous sommes allés nager ton père et moi. Longtemps. Tu sais qu'il ne craint pas l'eau froide, ni moi… On a pris notre temps. On voulait un peu profiter… Se retrouver… Pendant ce temps, tu étais avec pépé Alban qui t'apprenait les roses. On était heureux de vous savoir ensemble. Ma mère vous a laissés tous les deux. Pas longtemps. Sans surveillance. Puis elle t'a entendue hurler, elle est accourue et vous a trouvés, le sécateur de pépé Alban couvert de sang, tu n'avais plus de main droite. Pépé te l'avait coupée et maman m'a dit qu'il souriait avec cet air apeuré qu'il avait tout le temps. Quand on est rentrés avec ton père, vous étiez déjà partis aux urgences. Ils ont fait ce qu'ils ont pu…

J'écoute ma mère en silence. Pourquoi avoir attendu si longtemps ? Certaines choses, certains mots arrivent trop tard à leur destinataire. Ils n'ont alors plus aucune valeur, ne servent plus à rien. C'est juste trop tard. Maman continue de parler mais je ne l'écoute pas. Mon smartphone a vibré. J'ai enfin reçu un mail de Kristian Christiansen. Je le consulte tandis qu'elle me dit qu'ensuite papa a tout cassé dans la maison de mes grands-parents et qu'il a arraché les racines des rosiers à pleines mains. Que le pépé Alban en est resté encore plus hébété et ils l'ont enfermé. « Il a fini sa vie enfermé. Sans aucune visite. » Elle dit cela comme si ça excusait toutes ces années de silence et qu'ils avaient fait ce qu'ils avaient à faire. Leur devoir de parents. Ça ne me rendra pas ma main. Ce secret devenu un tabou semble dérisoire au regard de la montagne dont il accouche. Maman me dit « Bon anniversaire ma puce » et m'embrasse, puis elle me laisse avec mon message. Le voilà, le cadeau que j'attendais.

Kristian Christiansen a exactement le double de mon âge. Dans le taxi qu'il a envoyé me chercher à l'hôtel, je regarde les talons hauts que j'étrenne. Des lianes de cuir emprisonnent mes chevilles. Des déflagrations internes, inconnues me réclament d'être à la fois puissante et vulnérable. Je sais marcher sur des aiguilles, je me suis entraînée avec les chaussures de maman. En cachette, depuis que je suis petite. Et maintenant je ne le suis plus.

Quand j'ai dit que Kristian Christiansen m'invitait chez lui pour me rencontrer, papa et maman m'ont interdit d'y aller et je suis sortie acheter ces chaussures. Je me sens invisible dedans. Et pour la première fois, sur le point de rencontrer Kristian Christiansen, ma main amputée me paraît irrésistible.

Le taxi traverse la ville en direction des collines du Nord, longeant des grilles derrière lesquelles sont enfermés des arbres somptueux et de l'herbe si parfaite et moelleuse que je vois des enfants blonds y plonger leurs visages tout roses.

Depuis les vitres du véhicule, les parcs d'Oslo ressemblent à des musées de nature où chaque végétal est un chef-d'œuvre bien rangé à sa place et témoignant d'une santé splendide. Il n'y a ici aucune mauvaise herbe.

Partie III

Les enfants rois

Je ne crois pas en l'humanité, ni à Dieu ni au diable. Je hais viscéralement cette putain de race humaine, y compris moi-même. Si vous prenez la peine d'examiner en détail tous mes crimes, vous vous rendrez compte que j'ai toujours suivi un seul et unique précepte dans l'existence. M'attaquer aux plus faibles, aux plus vulnérables et à ceux qui n'étaient pas sur leurs gardes. C'est ce qu'on m'a appris : la puissance fait loi.

— Carl Panzram.

— Ainsi, vous connaissez le matricule 31614…

Je scrute le manuscrit encadré sans répondre aux points de suspension. Pièce aux murs blancs, sol blanc, mobilier blanc. L'écriture du tueur en série et violeur américain des années 1920, qui dans ses récits autobiographiques se décrit comme la haine incarnée, détonne par ses lignes d'ombre hâtivement griffonnées sur la page déchirée d'un carnet.

— Je ne vous demande pas si c'est un original…

Kristian Christiansen sourit, et seule la partie inférieure de son visage s'anime. Il m'invite à quitter un salon blanc pour une terrasse blanche et sa piscine à débordement où une eau de source glisse sur un liner ivoire éclatant de lumière. Nous prenons place en bordure de la margelle, je m'enfonce dans un fauteuil en cuir blanc avec l'impression d'être engloutie par un crustacé. J'observe tout autour un monde blême dépourvu de nuances, une blancheur qui imprègne jusqu'à l'esprit. Nous ne prononçons aucun mot. Son regard m'examine lentement, pénétrant chaque détail de ma physionomie à l'exception de ma main morte. Ni lui ni moi n'éprouvons de gêne dans ce jeu des yeux et du silence.

— Je ne vous imaginais pas ainsi, finit-il par concéder.

— Vous m'imaginiez comment ?

— Je ne vous imaginais pas.

La surface de l'eau est irisée de lueurs opalines, comme si sous l'onde des fantômes de nacre m'adressaient des œillades. Kristian Christiansen se penche, plonge sa main en coupe dans la piscine et me la tend, grande ouverte. Il a des mains magnifiques. Longues, sculptées, manucure parfaite. Un poisson se débat au centre de sa paume, organisme diaphane traversé d'arêtes et de minuscules organes internes finement dessinés. Je reconnais des intestins, des boyaux, des yeux de jais.

— Ce sont des poissons japonais extrêmement rares. La transparence de leur peau est le résultat d'une longue évolution depuis l'ère Kôwa, à la charnière entre notre XIe siècle et notre XIIe siècle. On raconte que pour ses 5 ans, le fils de l'empereur Horikawa avait demandé à son père de voir l'intérieur du corps des poissons pendant qu'ils nageaient. L'empereur avait convoqué les savants pour satisfaire son jeune fils. Chaque savant avait suggéré un procédé, mais aucun n'avait été couronné de succès. L'un d'eux avait envisagé d'y parvenir en privant de lumière les géniteurs des poissons. En les plongeant dans le noir. Il espérait que les prochaines générations développeraient une pâleur comme certains poissons des profondeurs confrontés à l'obscurité, puis à terme une transparence. L'essai fut jugé trop long. Il va sans dire que tous ces savants ont été exécutés, mais le fils du dernier a continué l'expérience, espérant racheter l'échec de son père, rétablir son honneur auprès de l'empereur. Il n'y parvint pas, mais son fils continua à son tour à élever ces poissons et leurs descendants, sans aucune lumière, et le fils de son fils lui aussi fit de même, et ainsi de suite pendant plusieurs siècles, de génération en génération, la peau des poissons devenant chaque fois un peu plus claire. C'est à l'ère Meiji, au XIXe siècle, que fut présenté à l'empereur Mutsuhito un spécimen enfin conforme au souhait du fils de l'empereur Horikawa. Le nom ainsi que l'honneur du savant banni de la Cour sept cents ans plus tôt furent réhabilités. C'est une histoire délicieuse, n'est-ce pas ? Et vous savez le plus merveilleux ? C'est qu'elle est vraie… Le poisson que vous voyez est réellement un descendant de ces glorieux ancêtres sobrement baptisés « poissons de nuit ». Qui sait, dans mille ans peut-être il sera entièrement invisible, jusqu'à ses organes internes… Tendez votre main, Maud, il y a là un millénaire d'évolution en train de mourir en quelques minutes.

Je tends ma main, Kristian Christiansen y glisse le poisson que je regarde mourir, étouffé entre ma ligne de chance et ma ligne de vie.

— Parfois, poursuit-il alors, je voudrais que le monde soit une gigantesque page vierge sur laquelle mon esprit écrirait sans même le secours des mots. Ni formes ni matière nulle part. Je suis comme le jeune fils de l'empereur Horikawa qui voulait voir l'intérieur des poissons... Vous devez penser que je suis un peu fou, Maud.

— Non, pas un peu, totalement !

Une fois encore je l'ai fait sourire. Une fois encore seule la partie inférieure de son visage bouge. Son regard, lui, reste inerte.

Dans le taxi qui me ramène à mon hôtel, je reçois un mail de Kristian Christiansen, un lien pour télécharger un fichier audio où je reconnais nos deux voix. Notre conversation d'aujourd'hui, enregistrée. Je mets des oreillettes et réécoute l'histoire des poissons de nuit tandis que nous traversons Oslo à la tombée du soir.

Ma famille attend, inquiète. Personne n'ose émettre de remarque sur mon absence, encore moins une critique. Un froid affûte les regards et les mots que nous échangeons. Une gêne dresse entre nous des murs de moins en moins ténus. Pour fêter mes 17 ans, l'accueil de l'hôtel nous conseille Fukasaku, le restaurant préféré d'Erna Solberg, la présidente de Norvège, nous informe-t-on avec une fierté dont je n'arrive pas à comprendre l'origine.

Installé derrière un comptoir circulaire au centre d'un salon intime, le chef nippon Kenji Fukasaku, qui ne parle ni norvégien ni même anglais, qui jamais ne regarde aucun client, prépare le poisson que ses assistants dressent dans des assiettes en céramique dont l'imperfection des lignes indique une fabrication à la main. Grand-père observe cette vaisselle qui semble faite d'écailles de dragon, il apprécie les techniques de découpe des chairs crues, estime les lames utilisées provenant d'illustres maisons de forge. Sur les murs noirs surgissent des idéogrammes charbonneux, en relief et pailletés d'éclats de nacre, ils captent les lueurs d'un éclairage sophistiqué.

— On se croirait revenu au temps des samouraïs, dit papa.

— On se croirait plutôt dans un film de science-fiction, répond grand-père avec mélancolie. Qu'est-ce que je me sens vieux, tellement vieux…

Après le dîner, au cours duquel personne n'a osé me questionner sur ma rencontre avec Kristian Christiansen, nous rentrons directement à l'hôtel. Nous ne marcherons pas ensemble dans les rues de la ville comme nous l'avons fait à Vichy et à Anvers.

Je toque à la porte de la chambre d'Alban et m'allonge dans son lit. Il a déjà préparé ses affaires.

— Faut que je te dise quelque chose, Alban.

— C'est au sujet de ce qui s'est passé chez Christiansen ?

— Oui.

— Tu as couché avec lui ?

— Non.

— Quoi, alors ?

— Il m'a demandé de lui confier un secret. De lui dire quelque chose qui placerait ma vie entre ses mains.

— Pourquoi il t'a demandé ça ?

— Parce que demain…

— Demain, on rentre, Maud.

— Pas moi, je vous rejoindrai dans quelques jours.

— Tu crois que papa et maman seront d'accord ?

— Je m'en fous… Demain, Kristian Christiansen me présentera des gens, il a dit que j'apprendrai des choses sur lui et il veut avoir confiance en moi. Mais une confiance qui serait comme un échange. Il m'a demandé de lui confier un secret.

— Tu parles d'une confiance… Et tu lui as dit quoi, à Christiansen ? Qu'est-ce que tu lui as donné ? Une recette de cuisine de mémé ?

— Tout.

— Tout quoi ?

— Tout ce qu'on a fait. Le chantage pour Raphaël. L'or volé, qui, comment, où, les noms…

— T'es folle !

— Et aussi ce qu'on prépare en rentrant, les prochaines victimes.

— Il peut nous faire envoyer en prison avec ce qu'il sait.

— Il ne le fera pas.

— Qu'est-ce que t'en sais ? Pourquoi il s'intéresse à toi ?

— Je crois que l'histoire de nos arrière-grands-parents commune en Antarctique le fascine. Notre lien.

— Mmmm… Un peu léger, comme réponse… Il a rien d'autre à foutre de sa vie ? Il est marié ?

— Non.

— Il est amoureux de toi ?

— Non… Pas encore…

— Nous précédons l'aube. Je veux que le lever du soleil ne soit plus un symbole de vie… Que chaque homme, chaque femme, enfant, vieillard s'endorme en redoutant l'apparition du soleil.

Nous sommes chez Kristian Christiansen, où le blanc est la loi, assis en cercle autour de lui. Ses collaborateurs sont jeunes, entre 25 ans et 35 ans, splendide parité, souriants, courtois, faces figées dans la délicatesse et la bienveillance. Mais le fond de leurs regards à tous semble tissé de dédain, de suspicion.

Kristian Christiansen s'exprime d'une voix candide, comme s'il racontait un vieux film d'aventures se déroulant sous ses yeux, ressuscitant les jeux d'enfants et les galops imaginaires.

— Nous regroupons les villageois, nous ne séparons pas les familles, nous les déshabillons, je les vois nus, tous, les enfants à la peau lisse et les vieillards aux sexes fripés, je vois des flammes, un grand feu au centre du village, je vois des braises. Pas de morts, pas de cris, pas d'hystérie, nous retenons la violence, tous croient qu'ils vont vivre. Nous regroupons les hommes, c'est eux qu'il faut saccager. Notre ennemi, c'est l'homme. Et les jeunes garçons. La femme est une récompense pour payer nos soldats.

Certains prennent des notes sur des tablettes, d'autres acquiescent ou se composent une expression. Seuls l'enregistreur numérique et son chronomètre indiquant le temps d'enregistrement qui s'écoule exercent une autorité autre que celle de Kristian Christiansen. Derrière les hautes baies vitrées, la terrasse et sa piscine à débordement offrent l'attrait d'un vide, avec cette eau peuplée de poissons transparents jusqu'à la frontière de leurs organes vitaux.

— Nous attachons les pères et les fils ensemble, nous préparons des braises, ils comprennent que ces braises serviront, elles font l'objet d'un soin particulier et ils les redoutent. Je vois un profond calme pendant ces préparatifs, redonner sa durée au temps qui passe, je vois des gestes lents et précis, et pour eux c'est une terreur de plus, ce calme-là. À la fois un espoir, car nous contenons encore notre folie, mais aussi une terreur, car les villageois n'ont pas de réponses à leurs questions. La précipitation et le chaos, c'est ça que nous devons éviter. Nous attendons paisiblement l'apparition du soleil, en silence, de longues minutes, très longues, pendant lesquelles nous nous observons. Entre eux et nous, il y a ce pouvoir de détruire l'autre. Cette possibilité-là. Cette certitude de l'horreur qui approche… Lorsque les premiers rayons du soleil touchent les peaux, nous agissons. Sous les yeux des femmes. Je vois des gros plans sur leurs regards, aux mères, aux filles, aux sœurs, j'ai cette image très précise de ces visages que nous forçons à regarder le saccage de leurs hommes par les braises. La destruction de toute masculinité, celle de leurs maris, de leurs pères, comme celle de leurs plus jeunes fils… Ensuite, nos soldats peuvent se partager le butin épargné s'ils le souhaitent, les femelles de tout âge, mais ça, ça ne m'intéresse pas, je sais qu'ils en ont besoin mais ça ne m'intéresse pas. Je te laisse, Peter, concevoir la modalité des viols et mettre tout ça en forme… Et surtout, que tout commence à l'aube.

— Je vais faire un synopsis, annonce un trentenaire aux allures d'ado.

Baskets de marque, jean savamment troué et tee-shirt blanc où est imprimé le visage de Nelson Mandela qu'entourent des idéogrammes japonais. Début de calvitie minutieusement dissimulée.

— Merci de finaliser ça tous ensemble autour de la piscine. Essayez de trouver quelque chose de sophistiqué. De graphique. Que la violence ait un sens mais qu'elle reste un mystère.

Les membres du think tank approuvent et vont s'asseoir dans les grands sièges en cuir blanc longeant la margelle.

— N'oublie jamais, Peter, conclut Kristian Christiansen, les liens à briser, ce sont toujours les mêmes, c'est la famille. La famille, c'est la faille.

Peter lève le pouce pour indiquer qu'il a compris, et lorsqu'il se tourne, il nous présente le dos de son tee-shirt où le visage de Mandela laisse la place à celui de Charles Manson. La baie vitrée se referme dans un silence motorisé. Je vois les membres du think tank discuter, débattre, se passionner.

— Peter Wund Réfène est un créateur de séries TV à succès, m'éclaire Kristian Christiansen. Il est le showrunner de « Beautiful Souls of South Africa », certainement vous connaissez ?

« Beautiful Souls » … Oui, je connais, mais je ne réponds pas. Je reste silencieuse.

— C'est un show qui a eu un retentissement planétaire, poursuit Kristian Christiansen, une série qui envisage que dans sa lutte contre l'apartheid, Nelson Mandela s'est allié avec des serial killers pour se défaire de ses ennemis politiques. C'est brillant.

De l'autre côté de la paroi de verre, les membres du think tank théorisent une action militaire sur une population civile. Je n'entends aucun de leurs mots mais je les vois mimer des gestes de violence, des coups dans le vide qui deviendront des machettes dans des corps d'enfants. Les paroles de Kristian Christiansen accompagnent mon regard. Malgré la distance qui nous sépare, il s'exprime à voix basse.

— Nous élaborons aujourd'hui une stratégie pour favoriser l'implantation d'un géant de la distribution chinois au Sud-Soudan en pleine guerre civile. Un village en bordure de la capitale constitue le terrain adéquat pour la construction d'un centre commercial de type occidental, mais les habitants de ce village, ne me demandez pas son nom, ne veulent pas céder leurs terres. C'est regrettable. Voyez-vous, Maud, en se comportant ainsi, ils sont la cause de ce qui va leur arriver.

Silence. Kristian Christiansen reprend :

— Greenworld ne se contente pas de conseiller les investisseurs, nous accompagnons aussi l'implantation, la sécurisation des biens et des installations sur place… Nous fournissons des objectifs et développons également des stratégies, des modes opératoires. Cela vous choque peut-être ?

Pourquoi me dire tout ça ? Je pourrais l'utiliser contre lui dans le cadre de cette enquête de la CPI. Je suis certaine que, cette fois, le juge Drapier me recevrait. Si cela arrivait, Kristian Christiansen nous dénoncerait-il, ma famille et moi ? Je ne dis rien des questions qui m'agitent, et le silence qui nous entoure est un nouveau lien. Nous n'attendons rien l'un de l'autre, des choses se produiront. Ou pas.

— J'avais un ami, continue-t-il, un voisin de campus à Oxford lorsque j'étais étudiant. Grande famille. Un ami très proche, peut être le seul que j'aie jamais eu. Comme vous vous en rendrez compte, je préfère la compagnie des femmes à celle des hommes, dont la virilité ne m'inspire que… Bref, je dirais que mon ami et moi étions aussi proches que différents. Je l'admirais et il était charmant, profondément séducteur mais sans le vouloir, ce qui excluait toute vulgarité, il était très beau, il plaisait aux femmes comme aux hommes, et les hommes comme les femmes lui plaisaient tout autant. Il était brillant et se confiait souvent à moi. Il me disait n'éprouver aucune limite, ne jamais ressentir aucune frontière, aucun interdit. Il était absolument persuadé de son succès. Pour lui, la vie serait merveilleuse, pleine de facilités, d'évidences, mais malgré sa jeunesse il évoquait cette existence déjà écrite avec mélancolie, fatalisme. Mon ami était sexuellement très sollicité et il appréciait cela. Il me parlait de ses amantes et de ses amants, ne m'en cachait rien et me disait n'éprouver de réel plaisir que lorsqu'il sentait un possible danger, quelque chose qu'il ne maîtriserait pas et qui l'excitait. Il me racontait ses aventures et ses excès qui allaient grandissant. J'écoutais, et lorsqu'il me quittait pour rejoindre des corps inconnus, j'écrivais, je m'imaginais être cet autre-là, je devenais mon ami. Au fil des ans, tandis que filait notre jeunesse, happée par des cursus universitaires aussi prestigieux que dépourvus d'imagination, nous sommes restés proches. Mon ami continuait d'obtenir les meilleures notes et les mentions les plus splendides. Sa consommation sexuelle augmentait, évoluait, elle était celle d'un fauve sans toutefois être celle d'un prédateur. C'était une violence consentie et espérée à laquelle il aspirait, une fièvre semblable au cercle sans fin des civilisations primitives. Mon ami recherchait le danger et s'adonnait au sexe sans se protéger d'aucune manière car le risque était devenu son unique vecteur de plaisir. Les maladies vénériennes et le sida l'ignoraient, pourtant nombre de ses partenaires en étaient frappés. Avec le temps, il commença à disparaître dans des pays lointains, de plus en plus lointains, des continents perdus, de plus en plus perdus, se mêlant aux populations les plus pauvres et les plus dangereuses. Il me donnait parfois des nouvelles et nous restions au téléphone pendant des bouts de nuit, lui parlant, moi écoutant. Plus il s'aventurait dans les bouges et les lieux de prostitution les plus sales, toujours sans protection aucune, plus il resplendissait de santé et de vigueur. Plus le danger bouillonnait sous ses pieds ou s'adossait à son épaule, plus il se sentait vivant. « Être vulnérable, c'est être vivant », disait-il souvent. Un jour, je n'ai plus reçu aucune nouvelle. Les mois, les années ont passé. J'ai finalement lancé des recherches dans ces lieux qu'il fréquentait aux quatre coins du monde, là où le fond de l'air a une odeur de poubelle éventrée. On a fini par retrouver sa trace, il avait été décapité dans une ruelle de Jakarta.

Sa famille avait étouffé la nouvelle, ne voulant pas d'une publicité nauséabonde autour de ce fils que l'on préférait porté disparu et auréolé de ses diplômes plutôt que retrouvé mort dans un lieu de perdition. J'ai eu accès aux photographies de la scène de crime. La tête était séparée du corps, déposée entre ses jambes à l'endroit de son sexe et il y avait sur son visage une douceur, du bonheur. C'est l'image la plus essentielle qu'il m'ait été donné de voir, et c'est cette nuit-là que j'ai commencé à envisager Greenworld. Lorsque j'ai reçu votre message et que j'ai lu le journal de votre ancêtre, cette rencontre avec le mien placée sous un signe tragique, la mort de sept hommes inutiles pour que trois autres considérés comme indispensables survivent, j'ai repensé à mon ami, à ce visage heureux dans la mort et qui me souriait depuis ce monde qui n'existe que dans les livres. Et moi qui n'éprouve jamais rien, j'ai senti un tonnerre d'émotions traverser mon corps et mon esprit. Votre message et le crime de mon ancêtre m'ont rendu vivant. Et votre nom, Maud Morgan, « Maud de la mer » en breton, m'est apparu comme un danger, beau et inéluctable, un danger semblable à ceux que recherchait mon ami.

Kristian Christiansen m'a demandé de lui parler de mon ancêtre Alban Morgan, et je lui ai raconté dans le détail qui il était, d'où il venait et son aventure en Antarctique auprès d'Anders Christiansen, son arrière-grand-père. Il m'a écoutée, silencieux et fasciné comme si enfin je le distrayais de lui-même, et j'ai vu un souffle de vie traverser ses yeux pâles.

De retour de la piscine, les membres du think tank ont présenté le scénario de l'assaut dans ce village au

Sud-Soudan. Le déroulement chronologique de l'attaque phase par phase, minute par minute, meurtre par meurtre. La construction du drame, depuis l'arrivée des combattants autoproclamés « de la liberté » jusqu'au paroxysme des braises et des chairs. Puis les viols. Kristian Christiansen a effectué quelques ajustements car il trouvait l'ensemble trop rythmé, dépourvu de temps calmes. Trop conventionnel et binaire dans sa progression dramatique. Trop mécanique et professionnel. Peter Wund Réfène a mal vécu les critiques, on ne retouche pas ses scénarios d'habitude, et cette remise en cause de son talent lui était plus que pénible. Il a tenté de défendre ses partis pris, arguant qu'il se basait sur les toutes dernières réflexions en matière de dramaturgie et de divertissement des masses, que bientôt pas un scénario de film, pas un conducteur de série, pas un roman ne se concevrait sans appliquer ces règles. Des règles établies d'après l'étude de milliers d'œuvres qui vont « de *Walking Dead* à Homère », a-t-il cru bon de préciser. Kristian Christiansen a laissé Peter Wund Réfène s'exprimer. Refusant d'entrer dans la polémique, il s'est contenté de dire :

— Trop d'action, pas assez de temps morts, je te laisse corriger cela. S'il te plaît.

Murailles de verdure et arbres multiséculaires dissimulent les façades des quartiers résidentiels que nous sillonnons. Leurs branches sont des bras solides au bout desquels j'aimerais installer des antennes indiennes. Je me délecte de ce temps suspendu à observer le monde depuis l'ombre des vitres teintées d'un luxueux véhicule. Je m'y sens insaisissable. Je me prends à penser pour de vrai à une existence ici avec cette piscine et ses poissons légendaires, séparée de la brutalité du monde par des fuseaux horaires et des écrans. Avant que je ne parte, Kristian Christiansen m'a confié une tâche.

— Nous répondons actuellement à un appel d'offres et j'ai pensé à vous. Il s'agit de conceptualiser de nouvelles méthodes d'interrogatoire pour les prisonniers de guerre. De nouvelles formes de contraintes physiques et mentales en conformité avec les règles du droit international de protection des prisonniers. Ou du moins dans leurs angles morts, inventer une sorte de torture légale si vous préférez, qui se jouerait des textes des conventions de Genève. Contourner les règles plutôt que les enfreindre, imaginer des pratiques défendables dans un tribunal. La multiplication récente des procès contre des soldats occidentaux accusés de recourir à la torture fait de cette question un enjeu crucial. D'autres think tanks travaillent aussi sur cette thématique. Leurs juristes cherchent les failles. Je crois pour ma part qu'il faut aller plus loin, penser différemment. Peut-être avons-nous besoin de sang frais, d'idées nouvelles. Peut-être ai-je besoin de vous, Maud.

Kristian Christiansen m'envoie un mail avec des éléments susceptibles de m'être utiles dans ma réflexion, précisant qu'il n'y a aucune limite morale à ce que j'imaginerai. Seulement des limites légales. Un lien vers un nouveau fichier audio à télécharger accompagne les documents. Il s'agit encore une fois de l'enregistrement de cette journée chez lui, l'intégralité de nos échanges, et la séance de travail sur l'attaque du village au Sud-Soudan. Le fichier a une durée de vie limitée, je le transfère sur l'un de mes comptes annexes et le sauvegarde en déverrouillant une interdiction de copie de faible niveau de sécurité. Ce faisant, je libère une alerte indiquant à l'expéditeur que son fichier a été piraté. Kristian Christiansen veut manifestement savoir si je conserve ou pas son fichier. Et il veut que je sache qu'il sait. « Être vulnérable, c'est être vivant », m'a-t-il dit parlant de son ami, puis il a précisé « La conscience a besoin d'une preuve de sa propre existence, une preuve extérieure à elle-même ».

L'avion qui me ramènera en France s'envole demain soir. Papa, maman, Alban et grand-père sont partis tôt ce matin. Ils ont pris acte de ma décision de rester sans même essayer de me faire changer d'avis.

C'est ma première soirée seule dans une grande ville. Je dîne de nouveau chez Fukasaku en consultant les documents que m'a confiés Kristian Christiansen. Je prends connaissance des lois internationales régulant la détention des prisonniers de guerre. Certains textes peuvent être soumis à interprétation. Je laisse venir à moi les idées en dégustant des crevettes marinées dans du safran népalais, du poulpe cendré et du homard bleu en carpaccio. Je note les images et les pensées qui m'assaillent. Certaines sont violentes, d'autres subtiles. Mon regard vagabonde jusqu'à maître Fukasaku qui découpe le poisson mais aussi sur les clients, les écrans qu'ils tiennent dans leurs mains et le saké qu'ils portent à leurs lèvres, aussi limpide que l'eau pure dans la piscine de Kristian Christiansen.

Je suis dans un restaurant japonais vanté par la présidente norvégienne où j'imagine des modalités de torture et d'interrogatoire de prisonniers de guerre. Pourtant rien ne me paraît anormal. Tout me semble tout à fait naturel dans ce monde qui n'est que la suite logique de celui où notre ancêtre a tué des hommes inutiles. Je reprends mes notes. Et du saké. J'ai foi en mes obsessions. La solution est à l'intérieur de moi. Je ne veux ni décevoir Kristian Christiansen ni me décevoir.

À la sortie du restaurant, je marche dans les rues de la capitale norvégienne, tout en continuant de prendre des notes. Je cherche, je fouille des idées qui feront couler un sang tolérable devant une cour pénale. J'écris en gras Comment briser un homme ? Comment détruire une âme ? Rien de nouveau, mais les avoir écrits, ces mots, me donne à réfléchir, m'inspire. Je m'attable dans le premier bar qui se présente et je note tout. Pour mon rendez-vous demain après-midi avec Kristian Christiansen, lui soumettre mon concept d'interrogatoire. Un type vient me parler.

— Tu es française ? Tu t'appelles comment ? Tu écris quoi ? Un livre ?

— Oui, j'écris un livre.

Je joue à être quelqu'un que je ne suis pas et tout en moi s'apaise. J'ai enfin cet âge-là : être une autre, jouer à ça pour de vrai et pas juste sous un déguisement d'Indienne ou d'infirmière. J'accompagne d'autres jeunes dans leur tournée des bars où la gamme des alcools nordiques me semble aussi longue que la nuit. Je ne cherche pas à mémoriser les prénoms, oublie les visages de ceux que je rencontre, l'écran de mon smartphone clignote à plusieurs reprises, annonçant papa, maman, Alban, Raphaël, mais je ne réponds pas. Je ne réponds pas non plus au Grand-père qui s'affiche. Qu'ils s'inquiètent, merde, j'ai 17 ans !

La lumière me réveille. Une lumière acouphène, qui me vrille les yeux. Je les ouvre, les referme, la lumière ne disparaît pas, elle se déplace à l'intérieur de moi, elle brûle lorsqu'elle arrive derrière mes paupières. Je suis dans ma chambre d'hôtel, je n'ai pas le souvenir d'être rentrée ni de m'être allongée sur mon lit. Juste celui d'avoir dégueulé dans une ruelle aux pavés aseptisés. Quelle heure est-il ? Où est mon smartphone ? Chaque fois que je bouge, je perds l'équilibre, un sang alcoolisé grimpe jusqu'à mon cerveau, inonde les lobes. Je me déplace centimètre par centimètre. Je n'arriverai jamais à parler avec cette bouche pleine de coton, cette haleine de boîte à ordures. Quelle conne ! Prendre ma première cuite la veille de ce qui est peut-être mon premier entretien d'embauche. Quelle heure est-il ? Le taxi passe me chercher à 14 h 30. Je trouve mon carnet, mes notes, je me relis. C'est affligeant. Il n'y a rien là-dedans, rien qu'un sadisme bon marché. Je me prends pour qui ? Tu te prends pour qui, Maud ? Tu es qui ? Quoi ? 14 h 17. Dans treize minutes le taxi sera en bas.

Je dévalise le minibar de ses boissons gazeuses, la vue des flacons d'alcool me donne la nausée. J'avale les sodas sous une douche glacée. J'ai un instant l'idée de tout abandonner, retrouver Sainte-Féréole, laisser tomber mon antenne indienne et mes rêves de conquête ou de reconquête de je ne sais trop quoi.

Mais quelque chose en moi exige, me réclame de ne pas être cette fille-là, semblable à ses parents. Je découvre que je suis prête à tout pour être en haut du haut de l'échelle sociale et de la chaîne alimentaire.

J'entre dans le taxi avec moins de cinq minutes de retard. Pour se rendre chez Kristian Christiansen, le véhicule met environ trois quarts d'heure. Je ferme les yeux en décidant que ce sera assez pour trouver comment torturer des prisonniers de guerre en toute légalité.

Kristian Christiansen m'écoute sans dire un mot. Aucun trait de son visage ne trahit le moindre sentiment. Dès l'instant où je suis entrée, mon mal de crâne a cessé, aspiré par la blancheur. Je m'exprime sans hésitation comme si j'avais travaillé mon sujet toute la nuit tant je le maîtrise. Je m'écoute parler, spectatrice de moi-même, ma voix est devenue celle d'une autre, plus intense, plus intime. Je creuse des brèches à l'intérieur des textes des conventions de Genève, et certainement l'innocente que je suis encore et qui n'est formatée par aucune grande école découvre des failles entre les lignes que pas un juriste n'a pensé à remplir. J'y glisse une violence capable de faire plier corps et âme les hommes qu'on livre à d'autres hommes. Parfois leurs voisins, parfois leurs cousins. Des humains devenus butins de guerre.

Un long silence s'installe lorsque j'ai fini mon exposé. Kristian Christiansen réfléchit, on dirait un joueur d'échecs face à un adversaire imprévisible dont il se demande s'il bluffe ou s'il est un maître. Tout est enregistré. Tant mieux car je serais incapable de retrouver ce fil tordu de ma pensée que la main immobile de Kristian Christiansen n'a eu de cesse de tirer depuis notre première rencontre. J'éprouve la satisfaction du travail bien fait, et le plus difficile est de ne pas le montrer. Kristian Christiansen se lève, m'indique qu'il me tiendra informée de la suite qu'il donnera à mon jeu de cache-cache avec les règles du droit international. Et aussitôt je pense à la partie de cache-cache à laquelle lui et moi nous livrons.

— Le diable n'est pas uniquement dans les détails, concède-t-il, il est aussi dans les mots et votre imagination le démontre, il devient un allié, même à son corps défendant.

— Le diable n'est le serviteur de personne, je lui réponds doucement.

Kristian Christiansen me raccompagne jusqu'au taxi qui, comme les fois précédentes, m'aura attendue le temps qu'il fallait. Sortir à peine quelques mètres devant le pas de sa porte dans une allée privée interdite à la circulation réclame à mon hôte un effort colossal. Je lui fais une dernière proposition.

— Je me rendrai un jour sur les terres de la Reine-Maud, en Antarctique, là où votre ancêtre et le mien ont survécu ensemble. Vous viendriez avec moi ?

— Je ne quitte plus cette maison autrement qu'en pensée, Maud, mais oui, c'est une proposition tentante. Qui sait…

Mon vol est annoncé avec un retard indéterminé. Menottés à leurs portables, des hommes d'affaires enragent puis replongent dans des écrans saturés de courbes de croissance. Ce temps perdu à l'aéroport d'Oslo est un sas avant le retour dans le monde réel. Le retour à l'antenne indienne.

Police de l'aéroport, trois officiers entrent dans la salle d'embarquement et se dirigent vers moi.

— Veuillez nous suivre, s'il vous plaît.

Je prends mon sac, les accompagne sans une question ni laisser les traits de mon visage exprimer quoi que ce soit. Mon détachement ainsi que ma main morte les décontenancent. Le malaise est de leur côté, pas du mien. Nous entrons dans une salle où attend une femme policière censée me protéger au cas où il prendrait à ses collègues masculins l'envie de violer une mineure. Je m'assieds avant même qu'on m'y ait engagée, l'embarras des flics laisse place à l'exaspération. J'écris un SMS à papa pour lui dire que l'avion est annoncé avec un retard indéterminé. Les deux flics ne savent que faire de cette gamine interpellée qui textote sous leurs yeux. L'un d'eux m'ordonne de poser mon smartphone. Je continue de l'ignorer et son exaspération monte d'un cran, il s'approche, tente de saisir l'appareil, mais j'ai déjà glissé le smartphone entre mes cuisses, contre mon pubis. S'il le veut, qu'il vienne le chercher là.

— C'est une mineure, lui rappelle sa collègue.

Il recule, ulcéré, lorsque arrive un homme d'une cinquantaine d'années. Ses armes à lui sont la courtoisie, la mesure. Il se présente, s'excuse de cette interpellation. C'est un avocat. Il me demande si j'accepte de parler avec son client.

— Qui est-ce ?

— Il souhaiterait vous le dire lui-même.

J'acquiesce d'un signe du menton. L'avocat compose un numéro, me tend l'appareil d'où émane une voix d'homme, entre autorité et séduction.

— Maud ?

— Oui.

— Je suis Jean-Hugues Drapier.

Silence, un temps mort au cours duquel je tente de reprendre mes esprits. Comprendre le sens de cet appel.

— Permettez-moi de vous présenter mes excuses pour cette interpel…

— Votre avocat s'est déjà excusé.

— Comme vous le savez, je dirige une enquête sur les activités de M. Christiansen et son think tank Greenworld.

— Je vous ai contacté, monsieur Drapier, mais vous n'avez jamais répondu. Je vous ai attendu longtemps à l'accueil de la CPI et vous m'avez tourné le dos.

— Pardonnez-moi aussi de cela, il était alors un peu… prématuré de vous rencontrer.

— Pourquoi cet intérêt soudain ?

— Selon nos sources, vous êtes en relation avec M. Christiansen.

— Effectivement.

— Rien ne vous oblige à me répondre, mais…

— Kristian Christiansen et moi avons parlé de nos ancêtres qui ont survécu ensemble à une expédition en Antarctique au cours de l'année 1927. Je vous ai envoyé les documents.

— Avez-vous évoqué d'autres sujets ? Qui avez-vous rencontré chez M. Christiansen ?

— Vous me demandez de collaborer avec vous, c'est ça ?

— Oui.

Je marque un temps, envisage un instant de lui confier les enregistrements en ma possession.

Nul doute que la voix de Kristian Christiansen concevant un massacre de villageois constituerait un document de poids. Et serait pour moi une porte d'entrée royale à la CPI. Je découvre alors combien il est décevant d'obtenir ce que l'on a si ardemment désiré lorsque entre-temps un nouveau désir s'est substitué au précédent. Qui en devient subitement encombrant.

— Écoutez, Maud, pour une raison que nous ignorons, il semblerait que M. Christiansen se soit, je dirais... entiché de vous. A-t-il évoqué ses activités au sein de son think tank ?

— ....

— Maud ? Vous m'entendez ?

Je raccroche, dépose le téléphone sur la table devant moi. Il vibre mais je ne réponds pas. L'avocat prend l'appel, je le vois s'éloigner, acquiescer, raccrocher. Il plonge sa main dans la poche intérieure de sa veste.

— Voici la carte de M. Drapier. Si vous souhaitez collaborer, vous y trouverez sa ligne directe ainsi que son mail personnel. Il me charge de vous dire que cette fois il ne manquera pas de vous répondre.

Papa, maman, Alban et grand-père. Ma famille. Leurs silhouettes derrière les vitres du terminal à l'aéroport de Toulouse ont quelque chose de tendre. D'où je suis, les vitres sans tain me les révèlent sans qu'ils devinent ma présence. Je laisse vivre ce moment et plus je les observe, plus je les aime de me faire cette place dans leurs cœurs et me formule qu'il n'y a qu'entre leurs mains que je ne craindrai rien. Ils ne parlent pas, ne se regardent pas, ils me regardent moi mais sans le savoir, car ce qu'ils voient de là où ils sont est le reflet d'eux-mêmes dans le miroir sans tain. Lorsque j'apparais, Alban franchit le portail et son panneau d'interdiction, il me serre dans ses bras, comme si les nuages traversés depuis la Norvège avaient pu me ravir à eux pour toujours. À ses yeux je suis une survivante. Il a compris cela. Le geste de mon frère apaise la famille, l'inquiétude suscitée par mon escapade chez Kristian Christiansen est dissipée. Papa me parle comme si on ne s'était pas vus depuis des mois, persuadé que j'ai encore grandi depuis qu'on s'est quittés, quelques dizaines d'heures auparavant. Maman m'a préparé un sandwich au pâté de chevreuil pour la route, grand-père a ses yeux humides, tout le monde en voiture et nous nous retrouvons comme nous nous aimons.

Sur le chemin du retour, je raconte la maison blanche de Kristian Christiansen, les poissons de nuit et les membres du think tank aux tee-shirts floqués de prix Nobel de la paix d'un côté et de tueurs en série de l'autre. Sans toutefois révéler les activités précises de Greenworld. Ni ma participation au brainstorming.

— Et donc, me demande grand-père, ton… cabinet d'idées…

— Laboratoire d'idées, on dit laboratoire d'idées. Un think tank.

— D'accord, bref, ton machin tink-tank d'idées, là, en gros ils font rien d'autre que réfléchir devant une piscine de connards et des murs blancs de snobinards au sujet de comment faire de l'argent avec des pays en guerre, des pauvres gens qui souffrent, et ensuite ils vendent leurs idées de merde à des prix astronomiques à tous les salopards de la planète, je me trompe ?

— C'est à peu près ça, oui.

— Ah, ma petite Maud, je croyais ne jamais avoir à regretter le monde dans lequel je suis né, mais vraiment, là, je commence à me poser des questions.

Grand-père soupire et s'endort, pas parce qu'il est fatigué mais parce qu'il se sent bien dans cette voiture avec nous, sur la route. Et tous les « tink-tanks » du monde ne gâchent pas son plaisir d'être ici plutôt que dans la solitude de son lit où l'attendent des années bien longues.

Le mois de septembre s'écoule avec le sentiment que nous sommes une famille comme les autres. Peut-être est-ce le cas. Nos parents se relaient, sans relâcher d'un pouce leur surveillance au supermarché. Maintenant que nous possédons un compte bancaire norvégien ainsi qu'un coffre avec de l'or et de l'argent, ils travaillent sans amertume. Les mètres carrés de boîtes de conserve qu'ils protègent ne leur cabossent plus l'âme. Pendant ce temps, Alban et moi découvrons la terminale. Mon frère dresse la liste des grandes écoles, facultés, prépas, passant des heures à classer, hiérarchiser ses choix, planifier le futur. Lorsque nous rentrons du lycée, il s'immerge dans ses devoirs, et quand il a fini, il continue encore et encore, approfondit ses connaissances et me demande ensuite de l'interroger sur sa culture générale. Papa observe son fils et sa fierté devient une admiration jamais éprouvée lorsqu'il courait derrière son ombre dans des stades tristes. Papa sait qu'une revanche à prendre sur la vie est le meilleur carburant. Lui l'a gaspillé, brûlé pour rien, mais si son échec peut aider son fils à ne pas subir le même, alors il n'aura aucun regret. Il serait même prêt à revivre toutes ces courses perdues, les illusions fracassées, les humiliations cinglantes si cela peut encore aider Alban. Aimer un autre plus que soi-même, très peu en sont capables mais je le sais, notre père est de ceux-là.

Nos premiers cours de philosophie passionnent Alban. Un soir à table il se le formule à voix haute et nous l'apprend par la même occasion : il aimerait enseigner la philosophie, ou l'histoire-géographie, il n'a pas encore choisi. Ou pourquoi pas les deux, conclut-il ! Grand-père l'encourage en disant que pour lui, « professeur, ou instituteur, c'est le plus beau des métiers et il faudra se battre pour que ça le reste. De mon temps, on les respectait, et vous savez pourquoi ? Parce qu'ils étaient libres de faire leur travail ! Ils n'appliquaient pas des programmes dictés par des énarques qui ne connaissent rien d'autre de la vie que les fonds de culotte de leurs logiciels ! ». L'été indien fait décidément du bien à grand-père, il retrouve des forces, une hargne que j'aime. Les Italiens disent la grinta ! Et moi, après nos dîners merveilleux en famille, je retrouve mon antenne indienne.

Octobre file au galop. Les flèches décochées depuis le vieux chêne atteignent des cibles auxquelles nous mettrons bientôt le feu. Je le sens couver en moi, ce feu. Ma famille sait que je travaille chaque nuit derrière mon écran, bien à l'abri dans mon manteau d'obscurité. Nous n'évoquons jamais les actions que nous allons mener. La violence en suspens est un secret que nous partageons sans avoir à en parler. Elle est là, quotidienne, une complice, une amie dont on se méfierait mais dont on découvre ne pas vouloir se passer. Plus les semaines filent, plus je ressens leur impatience à tous de renouer avec l'illégalité.

Les messages de Jean-Hugues Drapier s'accumulent dans ma boîte de réception. Je n'en ouvre aucun. Je lui rends la monnaie de sa pièce, curieuse de mesurer son obstination. Combien de temps faudra-t-il à un Jean-Hugues Drapier pour abandonner ?

J'attends surtout des nouvelles de Kristian Christiansen, et j'en viens à me demander si ces heures en blanc sur la margelle d'une piscine à débordement ont vraiment existé. Si ces poissons de nuit ont bien traversé les siècles jusqu'à la seule main qu'il me reste pour y crever. Un avis de virement sur notre compte bancaire norvégien me prouve que ce n'était pas une illusion. Les références indiquent un transfert de fonds émanant de Greenworld et je me fais violence pour ne pas écrire à Kristian Christiansen.

Le remercier ? Pour cette « torture légale » qui se joue des règles du droit international des conventions de Genève ? Est-ce cette souffrance-là qui a fleuri notre compte en banque ?

— Il y a de l'argent, là-bas ?

Grand-père ne peut retenir son étonnement. Le plateau de Millevaches lui semblait suffisamment armé de rusticité pour résister à tout, et d'abord aux riches avec leurs précieuses manières.

— Ils sont partout, grand-père, ils ont des maisons secondaires jusque dans des coins où leurs parents se pinçaient le nez voilà encore deux décennies.

Je dresse le portrait de nos prochaines victimes, magnifiques spécimens de néoruraux du dimanche, droite dure et autoritaire que grand-père abhorre. Il acquiesce à mes caricatures de Français modèles confits de fric et de « hautes valeurs » aux luxueux cols de chemise repassés par des Philippines sans papiers. À leur merci.

— C'est pas moi, commente grand-père, qui vous en voudrais de leur tirer les oreilles, à ces gougnafiers !

Une semaine plus tard nous empruntons sa voiture, nous avons rempli le coffre de sacs et de valises comme si nous partions pour la Bretagne, notre alibi dans l'éventualité où nous serions contrôlés. Un trajet de nuit, une famille qui rend visite à des parents éloignés. Rien d'anormal en apparence. Dans l'habitacle, pourtant, règne une tension entre inquiétude et excitation. « Y a plus qu'à », disent les boxeurs avant de monter sur le ring. Papa, maman, Alban et moi sommes dans les cordes, nous regardons par la fenêtre. La présence de maman ajoute à l'opération une gravité absente des premières fois. Ce soir, la famille entière est engagée. Si les choses se déroulent mal, nous pourrions tous disparaître.

Une heure et demie après notre départ de Santa-Fé, nous fendons la forêt, traversant des espaces plantés de troncs tranchés à ras. Parfois, les arbres abattus n'ont pas encore été débités par les bûcherons et gisent au sol comme des soldats morts. Nous poursuivons jusqu'au cœur des bois, de plus en plus épais, touffus, nous nous arrêtons sous des conifères aux branches longues et lourdes, ils interdisent à la lune de nous espionner. Personne, pas même les satellites, ne sait que nous sommes là. Dans les valises, sous des affaires prétendument destinées aux plages bretonnes, des treillis noirs, des cagoules, des armes. Et une nouvelle caméra avec liaison HF.

À 2 heures et demie du matin, trois silhouettes font irruption dans une scierie perdue en pleine forêt où vit un homme seul depuis que sa femme l'a quitté, emmenant leurs deux enfants et leur chien. La corpulence de l'homme et sa force physique m'ont fait hésiter, mais la présence cette nuit-là de 35 000 euros en espèces et l'isolement de l'habitation m'ont convaincue qu'il s'agirait d'argent facile. En opération, je n'appelle plus nos proies par leurs noms. Je dis « l'homme » ou « la femme ».

Papa et maman frappent l'homme en plein sommeil. Brisent ses tibias, gazent son visage, le menottent. Alban est là, qui filme, en mode nocturne. Depuis la voiture où j'observe mes parents, j'éprouve une sensation différente que lorsque mon père intervenait seul. Comme si en regardant ce dont ils sont capables ensemble, je volais quelque chose de leur intimité.

L'homme n'a pas l'apparence du riche néorural vanté à grand-père. On dirait un bûcheron qui n'aurait jamais quitté la Creuse. Ce qu'il est. Grand et lourd, des bras comme les cuisses d'Alban, un regard franc. Et une main à laquelle il manque deux doigts. Accidents de tronçonneuse.

Dix-sept minutes plus tard, le pauvre gars est à genoux. Malgré les coups et les menaces, il ne révèle pas où sont cachés les 35 000 euros prêtés – contre intérêts s'entend – par deux paysans et un artisan en « excédents de trésorerie ». De l'argent non déclaré qu'ils lui ont apporté ce midi pour que l'entrepreneur endetté règle les impayés accumulés à la banque et sauve la scierie créée par son arrière-grand-père. Il déposera l'argent demain matin sur son compte pro, à sa petite agence locale. En liquide. L'homme espère que dans le flux du monde et toutes ces centaines de milliards de dollars circulant incognito, ses 35 000 euros se feront discrets et que ça passera. C'est ainsi que je l'ai repéré, quand son conseiller bancaire, un copain d'enfance, l'a mis en relation avec des clients en « excédents de trésorerie », comme ils disent. Pour le pister, je ne me suis pas attaquée aux messageries professionnelles des agents bancaires, ultrasécurisées et uniquement pénétrables par des hackers de haut niveau. J'ai préféré pirater les boîtes mail privées des employés de banque dont j'ai obtenu les noms en consultant la composition des équipes d'agences rurales. Dans le code du logiciel espion, j'ai ajouté un algorithme de traitement de données à la recherche de toute allusion à de l'argent non déclaré, comme les fameux « excédents de trésorerie » évoqués par le conseiller bancaire lorsqu'il a utilisé son mail privé pour organiser une transaction illégale.

Pris par surprise dans sa scierie en sursis, l'homme n'a opposé aucune résistance à mes parents. Il n'offre aucune prise non plus. Ni aux coups ni aux menaces. Il n'y a là ni famille ni tiers pour exercer une pression sur lui. Papa promet de brûler l'exploitation, l'homme répond qu'il a déjà tout perdu, qu'il est fatigué de vivre et dégoûté, tellement dégoûté qu'il n'a même plus la force d'en vouloir à personne, « même pas à des salauds comme vous, alors vous pouvez bien tout brûler, ça réglera les problèmes ». Depuis la voiture de grand-père, je l'entends répéter « J'en ai rien à foutre de vivre, vous pouvez faire de moi ce que vous voulez, je m'en fiche ». Sur l'écran, ses yeux sont ceux de quelqu'un prêt à mourir, attendant le coup de trop, celui qui précipitera son cerveau contre les os de son crâne et l'enverra dans un monde qui ne peut pas être pire que celui-là.

Je parle dans le micro.

— Arrêtez de le frapper, bandez-lui les yeux, j'arrive.

Je sors de la voiture, je cours, je traverse la scierie, ses bâtiments fantômes, son bois mort, centaines de troncs inertes, machines de découpe, lames à l'arrêt. J'entre dans la maison et je cherche. Je sais que l'homme a rendez-vous à la banque demain et que ses prêteurs sont venus aujourd'hui à midi. L'argent ne risque pas d'être enterré sous terre. Il doit être facilement accessible.

C'est en voyant la chambre de ses enfants, immaculée de propreté là où la maison entière croule sous la crasse et la sciure, que je comprends pourquoi l'homme empruntait cette somme. Pour qu'un jour ses deux filles reviennent dans une entreprise saine et prospère et qu'ils soient de nouveau une famille. Je n'ai pas à chercher longtemps. L'argent est sous le lit de la plus jeune. Je le prends en me souvenant des paroles de Kristian Christiansen : « La famille, c'est la faille. »

Le rôle de grand-père commence là où le nôtre s'achève. Récupérer le butin dès notre retour, le nettoyer, le dissimuler. Puis gérer l'argent volé conformément aux règles que j'ai édictées. Vingt-cinq pour cent du butin sont utilisés pour notre vie courante. Vingt-cinq pour cent sont directement blanchis par grand-père, soit dans des casinos des départements limitrophes, soit en achetant des biens dans des salles des ventes que nous proposons ensuite sur des sites en ligne. Vingt-cinq pour cent sont conservés en espèces, qui seront déposées dans notre coffre en Norvège.

Vingt-cinq pour cent, enfin, sont utilisés pour acheter de l'or à des vendeurs repérés pendant mes recherches et désireux de céder illégalement des biens non déclarés. L'or sera ensuite convoyé en Norvège et déposé dans le coffre quand nous retournerons à Oslo pour y fêter mes 18 ans.

Croyant voler l'argent de salauds de riches, grand-père remplit son rôle avec un sens du devoir quasi sacré. Rassuré quand même de savoir que cette vie ne durera qu'un an. Le soir, avant que j'aille allumer l'antenne indienne, grand-père prend parfois des airs de conspirateur et me demande de le rejoindre dans sa chambre.

— Tiens, ma petite Maud, c'est juste des idées de gens chez qui ça serait peut-être intéressant que tu ailles fouiller leurs magouilles. Ils sont dans les journaux et même les ministères, tu peux me croire, leur tirer les oreilles et même un peu plus ne serait que justice !

Les noms, les âges et les adresses sont notés avec une écriture appliquée. Sûr, grand-père a une dent contre les politiques de la politique, les industriels friands de paradis fiscaux et les marchands d'armes. Je jette ses listes au feu en me disant que s'il venait à découvrir qui sont réellement nos victimes, ce serait un cataclysme dont il ne se remettrait jamais.

Après cet homme qui croyait pouvoir sauver la scierie fondée par son arrière-grand-père, nous ciblons un producteur de betteraves sucrières que sa banque a inscrit sur une liste – parfaitement illégale – de paysans susceptibles de posséder chez eux de fortes liquidités ou des bas de laine. De l'argent non déclaré servant aux dépenses quotidiennes des trois familles qui vivent de l'exploitation.

Nous voyageons de jour, réutilisant l'alibi de la visite à la famille en Bretagne au cas où nous serions contrôlés. Au cœur de la nuit, dans cette exploitation située au centre de la Beauce, nous mettons la main sur 27 000 euros. Sans cris ni coups et blessures. Cette fois la violence a su rester aux aguets. Il a suffi de montrer au paysan un individu armé d'un couteau dans la chambre de sa fille de 12 ans pour qu'il nous remette toutes les espèces qu'il possédait. Je me demande ce qu'a ressenti ma mère en mettant son gant sur la bouche de la gamine effrayée, un poignard de chasse dans l'autre main. A-t-elle pensé à ce qu'elle aurait éprouvé si j'avais été à la place de la fillette et elle du paysan ?

Sur la route du retour, traversant des champs de blé accablés de pesticides, nous restons silencieux. Il est tacitement admis que nous ne mettrons pas à exécution les menaces que nous proférons. Mais que se passerait-il si nous y étions acculés ?

— Tu as des nouvelles de ton amoureux ? demande Raphaël.

— Mon amoureux ?

— Kristian Christiansen.

— Non, aucune.

— Son procès, c'en est où ?

— J'ai l'impression que ça n'avance pas.

— Et le juge, il t'envoie toujours des mails ?

— Pas depuis plusieurs semaines.

Ciel gris, nez rouges, avec ce froid Raphaël et moi sommes les seuls en terrasse du café de la place de la Fabrique.

— Dis donc, Maud, vous partez souvent avec ta famille le week-end, vous voyagez ?

— Et alors ?

— Alors rien, c'est chouette.

— Comment tu sais qu'on bouge ?

— C'est quand j'appelle Alban. Des fois on peut pas se parler parce que vous êtes en vadrouille. Un coup vous êtes dans le Périgord, un coup au Pays basque. Il m'a même dit que vous êtes allés jusque dans les Ardennes.

Je me fige et le froid qui règne n'y est pour rien. Les Ardennes. On y a mené une action le mois dernier contre un éleveur canin qui vendait des chihuahuas et des lévriers afghans au black. Bénéfice de l'opération, 29 000 euros.

— Vraiment, continue Raphaël, je trouve ça super de faire tant de trucs ensemble. Avec mes parents, j'ai l'impression qu'on quitte pas la cuvette des chiottes corréziennes.

— La cuvette des chiottes corréziennes ?

— C'est une expression que je viens d'inventer. C'est pas mal, non ?

— Vous vous parlez beaucoup, avec Alban ?

Il y a dans ma voix une suspicion qu'il m'est impossible de dissimuler, et cette fois c'est Raphaël qui est sur le qui-vive. Autour de nous, la grisaille hivernale s'est obscurcie sans qu'on s'en rende compte, les éclairages municipaux s'allument lentement.

— Tous les jours, répond Raphaël. Alban et moi, on se parle tous les jours.

Il y a une tendresse et aussi une gravité soudaine dans sa voix, comme s'il me faisait une confidence. Ses yeux s'égarent du côté des réverbères qui ont servi de potences en 1944.

— Tu as vu, les éclairages se sont allumés, dit Raphaël en reprenant son ton habituel.

Il n'en dira pas davantage au sujet de mon frère. Je retrouve moi aussi ma voix, mais avec quelque chose de triste, comme si j'étais seule.

— Oui. Ça vient tout doucement, c'est progressif. Quand j'étais petite, la lumière arrivait d'un coup, j'adorais ça. Tout s'illuminait et c'était magique. Papa connaissait l'heure exacte, alors il claquait des doigts et nous faisait croire que c'était lui qui allumait la ville. Nous, on le croyait. Maintenant les cellules photosensibles des réverbères la font apparaître sans qu'on s'en rende compte et je trouve ça dommage. Pas toi ?

Je ne saurai jamais si Raphaël trouve ça dommage, la disparition des lumières de la ville surgissant simultanément, dérisoire vestige de ma toute petite jeunesse. Son téléphone vibre sur la table et l'écran indique Alban.

De retour chez nous, j'attends que la maison s'endorme et je fouille la messagerie de mon frère. Je veux savoir ce qu'ils s'écrivent, mais tous les messages, tous les mails qu'ils s'envoient ont été effacés. De ses contacts, c'est sa seule conversation vierge. Je paramètre son téléphone pour sauvegarder sur le Cloud leurs prochaines conversations avant qu'elles ne soient effacées. Pirater l'ordinateur d'Alban pour les récupérer sera une formalité.

Les notes du premier trimestre arrivent la semaine précédant Noël. Pour la première fois de ma scolarité, je ne suis plus la meilleure de la classe. Me voilà deuxième. Il y a une autre surprise avec ce bulletin, plus saisissante encore. Celui qui me passe devant, c'est mon frère. Lui-même n'arrive pas trop à y croire, et sa première réaction est de me dire « Pardon, je suis désolé ». Il est tout penaud, on dirait qu'il a fait une bêtise. Je pouffe de rire et aussitôt l'embrasse. Heureuse pour lui, et pour mes parents qui n'en reviennent pas. Papa ouvre deux bouteilles de champagne qui n'en sont pas mais un mousseux du supermarché. Maman le sermonne d'avoir pris du bas de gamme et elle explose de rire. Comme ça, sans prévenir. Elle n'a pas encore bu une goutte d'alcool mais elle est ivre de joie. Heureuse de son fils. Ce soir, je ne rejoindrai pas l'antenne indienne, on fait une fête avec des cacahuètes, des chips, du pâté de chevreuil et du saucisson de sanglier tué dans le bois à côté par un voisin. Grand-père boit et parle beaucoup, mais pour une fois il écoute aussi son fils et dans ses yeux de vieillard je lis qu'il se rend compte que son garçon n'a pas tout raté. Quoi qu'il ait pu en penser. Je découvre sur leurs visages des traits semblables, des expressions communes, je vois des ressemblances entre mon père et son père, comme une épave enfouie qui remonterait à la surface.

On se couchera tard ce soir, on se couchera même demain, il y aura beaucoup de prune et beaucoup de geishas au fond des verres. Beaucoup de joie et de souvenirs. Grand-père nous parlera de notre grand-mère, sa femme, son unique.

— Oh, c'est pas que j'étais pas courtisé, vous savez, je plaisais aux filles, mais à l'époque, c'était différent. On s'embrassait à peine du bout des poils de la barbichette, on se prenait la main, on se disait j'ai des sentiments pour vous et puis voilà, on se mariait. Votre père, vous pouvez regarder les dates, il est venu au monde neuf mois après le mariage. Pas un jour de moins, et j'y tiens à ce mois qui aurait fait la différence. Alors bon, quand on se retrouvait pour la nuit de noces, ben fallait que ça marche, c'est qu'on savait pas trop ce qu'on allait découvrir…

Tout le monde rigole et grand-père nous raconte la nuit de noces. Il évite les détails, il les emportera avec lui quand il s'en ira, mais il nous dit où c'était, une modeste auberge de la petite ville de Souillac.

— L'Hôtel de la Paix, ça s'appelait, c'est là où on t'a conçu, mon grand. On te l'a jamais dit, je sais pas trop pourquoi on cache ces choses-là d'ailleurs. Je me souviens qu'il y avait une petite treille avec de jolies fleurs blanches qui montaient jusqu'à notre fenêtre. Avec ta mère, on trouvait ça chic. On avait l'impression d'être riches à millions et que ça nous appartenait à nous. Tu sais, mon garçon, je crois bien que c'est ce qui nous est arrivé de plus beau dans la vie, ce moment-là où on t'a fabriqué et ce qui a suivi.

Le père et le fils se sont rapprochés, papa serre grand-père contre lui, ils sont immobiles et ne font rien d'autre que respirer ensemble.

Avant de s'endormir, allongé dans le lit de ses parents, grand-père me demande s'il n'est pas temps d'arrêter ces choses qu'on fait, que peut-être on a assez d'argent. Qu'il ne faut pas tenter le diable.

Le soir de Noël arrive. J'ai un cadeau sur ma boîte de réception. Un message. Juste quelques mots. Kristian Christiansen me souhaite de joyeuses fêtes.

— Réveille-toi, Maud, vite.

Grand-père me secoue, je me suis endormie tout habillée. Dehors, la lumière décline lentement dans la froide après-midi de ce 25 décembre.

— Qu'est-ce qu'il y a ?

— La police.

Je m'approche de la fenêtre et aperçois deux véhicules bleu-blanc-rouge à travers les lames de mes volets.

— Où est l'argent ?

— Sous mon lit.

Je franchis le seuil de ma chambre et reconnais un flic déjà vu lors de l'arrestation de mon père. Comment nous ont-ils découverts ? Que savent-ils ?

— Bonjour, Maud, on te cherchait.

Je ne salue pas le flic. Avant qu'il m'ordonne de sortir je le devance jusqu'à la cour où attendent d'autres silhouettes en uniforme, grosses parkas floquées POLICE, genouillères, chaussures de sécurité et holsters de néo-cow-boys avec bien au chaud à l'intérieur des pistolets automatiques. Leurs yeux, voix, gestes sont pénétrés de l'autorité de ceux qui ont le pouvoir et qui entendent que l'on se comporte exactement comme ils l'ont décidé. À la seconde. Face à eux, mon père en sweat-shirt sous une froide et fine pluie de décembre attend que les forces de l'ordre terminent de contrôler son identité. Vérification fantoche, ici tous se connaissent depuis le jardin d'enfants. Le regard de mon père est apeuré, on dirait celui d'un récidiviste ne sachant pas lequel de ses crimes on lui reproche. Une femme flic approche.

— Maud…

Je lève ma main morte.

— Présente !

Je devine leurs dents qui se serrent. Les uniformes haïssent cette insolence qui ne reconnaît pas leur pouvoir.

— Vous voulez mes empreintes ? La main droite, d'accord ? Allez-y, prenez-les, vous gênez pas.

Ma mère m'accompagne au commissariat, dispensant des sourires à tous les uniformes qu'elle croise et j'en deviens plus hautaine encore de la voir se soumettre. Je découvre combien ma haine a grandi, elle est désormais immense.

— Suis-moi, s'il te plaît.

Je ne bouge pas. La voix ajoute un « Dépêche-toi » débordant d'exaspération. Je me tourne vers la femme flic qui me tutoie, cette femelle à matraque, j'ai un malin plaisir à la regarder de haut.

— Vas-y, me dit maman, ne sois pas désagréable.

— Pourquoi elle me tutoie, la flic ? J'ai pas 7 ans, j'en ai 17.

La femme flic continue de ravaler son exaspération. Quelque chose ici me protège, je le sens.

Quelque chose que je n'attends pas m'attend dans un de ces bureaux défraîchis au lino frotté à la javel. Je finis par la suivre et nous rejoignons un autre flic tapissé d'écussons tricolores, de médailles clinquantes. Et un homme d'une petite soixantaine d'années. Chevelure d'argent. Costume de marque.

— Bonjour, Maud.

Je retiens ma surprise. Je n'attends pas qu'on m'invite ni qu'on m'autorise à m'asseoir, je m'affale sur la chaise face à lui.

— Bonjour, monsieur Drapier.

— Heureux de vous rencontrer, Maud.

— Moi aussi.

— Vous m'excuserez d'avoir eu recours à la police nationale, avec qui nous collaborons parfois, et qui plus est un jour de fête, mais j'étais de passage dans le sud de la France, de la famille dans le Luberon. C'était l'occasion de nous revoir, non ?

— …

— Souhaitez-vous quelque chose ? Un verre d'eau, un café ?

Les deux flics quittent la pièce, nous laissant face à face Drapier et moi.

— On dirait que vous avez davantage d'autorité dans un commissariat de province que sur la scène internationale.

— Ainsi va le monde, chère Maud. Ainsi va le monde… Parfois il suffit d'être patient.

— Vous me rappelez un proverbe…

— Dites-moi lequel…

— « Assieds-toi au bord de la rivière et tu verras passer le corps de ton ennemi. »

Jean-Hugues Drapier m'observe. Il semble se demander si c'est ma jeunesse qui me donne cette ardeur revêche, cette volonté d'en découdre, quitte à engager des bras de fer avec des géants. Quand bien même ce serait de ma main morte. Ni arrogant ni suffisant, il s'exprime avec prudence et franchise. J'apprécie. Il m'expose les raisons de sa présence avec clarté : me convaincre de me rapprocher de Kristian Christiansen, dont il sait que j'ai acquis le respect, prendre part à son laboratoire d'idées, obtenir des preuves à son encontre et les fournir à la CPI. Puis témoigner dans le cadre de l'enquête qui a été ouverte contre lui.

Jean-Hugues Drapier répond à mes interrogations avant que je ne les formule, comme si nous nous comprenions sans détour. Il m'apprend que ses deux témoins, des collaborateurs du think tank Greenworld, viennent de le lâcher. Qu'il s'agit d'un showrunner de séries à succès et d'une créatrice de jeux vidéo. Greenworld a finalement acheté leur silence.

— Ainsi va le monde, répète-t-il une fois encore.

Sans leurs témoignages, les documents censés incriminer Kristian Christiansen sont irrecevables. Rien ne garantit plus leur authenticité, dit-il en glissant devant moi un dossier aussi épais qu'un annuaire.

Je mords l'intérieur de ma bouche pour m'interdire de me jeter sur les documents. Jean-Hugues Drapier poursuit en me confiant que je suis son dernier espoir de faire aboutir cette procédure.

— C'est la première fois qu'un individu, un Européen, serait poursuivi pour les idées qu'il défend, pour ce qu'il invente sans se soucier des conséquences et dont les répercussions à l'autre bout de la planète sont tragiques. Il n'y aura rien à y gagner pour vous, mais vous éprouverez le sentiment de faire ce qui est juste. Je n'ai aucun doute à ce sujet. Dans le mail que vous m'avez envoyé, j'ai lu votre sincérité. Une volonté de réparer les injustices. Je me suis revu à votre âge, je ne dis pas ça pour essayer de vous manipuler ou de vous flatter mais parce que c'est la vérité.

— Si vous vous êtes revu à mon âge, pourquoi alors vous ne m'avez jamais répondu ?

Jean-Hugues Drapier mûrit sa réponse, ne laisse rien transparaître, c'est maintenant qu'il doit choisir entre vérité ou tentative de manipulation.

— Parce que les gens comme moi ne répondent jamais aux gens comme vous. À moins d'avoir une bonne raison de le faire. Comme je l'ai aujourd'hui.

J'acquiesce à la seule explication qu'il pouvait me fournir. Je n'aurais pas toléré, il l'a compris, qu'il me mente. Je pourrais lui envoyer cet enregistrement de séance de travail, mais Kristian Christiansen révélerait alors ce que je lui ai confié de moi, la vie de malfaiteurs que ma famille a choisie. Il suffirait d'un clic et mon existence prendrait une direction bien différente.

Jean-Hugues Drapier pose sa main sur mon avant-bras, celui qui s'arrête tout net.

— Réfléchissez à ce dont nous avons parlé, Maud. Réfléchissez-y bien. Tenez, voici notre dossier consacré à Kristian Christiansen, consultez-le, cela pourrait vous aider à faire votre choix. Je vous remercie évidemment de le tenir confidentiel. Tout est désormais entre vos mains, Maud, conclut-il, et c'est sa seule parole malheureuse.

Mes mains…

Je refuse de retourner chez moi dans un véhicule de police et appelle papa pour qu'il vienne nous chercher. Ma mère et moi sortons du commissariat, nous asseyons sur un banc de l'autre côté de la rue. Depuis les fenêtres, les flics nous traquent du regard, fouillant cette pénombre qui est notre seul rempart. Eux sont enluminés de néons et constituent de belles cibles au centre des fenêtres.

Lorsque nous rentrons, grand-père nous attend, contrarié. Il veut me parler. De suite ! Je dis « On verra plus tard » et file dans ma chambre. Lui claque la porte au nez. Je m'allonge dans mon lit sous le poster de Kristian Christiansen, plonge dans ce dossier dont les pages me brûlent les doigts.

J'apprends qu'il est végan, se nourrit exclusivement des produits cultivés dans sa ferme située sur une île au nord de la Norvège, proche de la frontière suédoise et des mines de fer de ses ancêtres. Il se fait livrer depuis les États-Unis la seule boisson qu'il tolère, une eau minérale ayant subi neuf étapes de purification produite par la firme américaine BlingH20, plus de 100 euros la bouteille en verre givré incrustée à la main de cristaux Swarovski. L'eau de sa piscine, dans laquelle il est précisé qu'il ne se baigne que quelques minutes avant l'aube, provient des profondeurs arctiques, et apportée jusque chez lui dans des containers réfrigérés. Le dossier foisonne de détails inutiles et subjuguants, dressant le portrait d'un individu évadé d'un récit d'anticipation.

Je parcours les comptes rendus de psychologues, psychiatres. Pas un ne l'a rencontré, tous ont travaillé d'après des éléments biographiques, des photos, des examens universitaires lors de son passage à Oxford et autres vénérables institutions où l'on forme les élites. Je glisse sur les considérations freudiennes des savants indiquant une détestation des hommes, un rejet phobique du sexe et je me penche sur le travail de la psychiatre Isabel Dwayne, qui voit en Kristian Christiansen « un individu fascinant et fasciné, effrayé par les objets, les corps et les substances, effrayé par le poids du réel et l'idée d'une connexion entre la matière et le temps, la possibilité du vieillissement, du pourrissement, l'altérité. Un être réfutant jusqu'à la dimension physique du monde au profit d'une tension métaphysique permanente. Un être abstrait, la figure absolue et définitive de manipulateur de symboles du siècle à venir, un messager des temps futurs ».

Pour appuyer sa théorie, Isabel Dwayne se base sur les premières planches de réflexion du think tank Greenworld, secrètement commandées par des membres du bureau du Parti communiste chinois il y a cinq ans. Kristian Christiansen leur avait suggéré de ne pas choisir un homme en chair et en os pour diriger le pays, mais un être virtuel, un logiciel d'intelligence artificielle qui opérerait la synthèse des pensées et sensibilités des hauts dirigeants du parti et apparaîtrait au peuple sous la forme d'un hologramme au visage composé des caractéristiques du citoyen chinois contemporain. Une figure en qui chacun pourrait se reconnaître. Le parti avait balayé la proposition, jugée « excentrique », mais ses plus jeunes dignitaires avaient tenu en haute estime les travaux visionnaires du think tank, remisant au fond de leurs disques durs ces recherches, attendant de les ressortir un jour peut-être. Un jour sûrement.

La seconde partie du dossier monté par la CPI concerne les liens entre Greenworld et plusieurs sociétés militaires privées (SMP), américaines, russes, européennes, où travaillent des contractors, un autre mot pour « mercenaires ». Greenworld établit une stratégie financière pour ses clients et les SMP favorisent la réussite de ces politiques d'implantation, la sécurisation des infrastructures sur place. Essentiellement en Afrique ou au Moyen-Orient. Des pays d'Asie centrale sont aussi visés. Une forme de service après-vente qui amène les SMP à traiter avec toutes les forces en présence, des dictateurs africains aux organisations terroristes, ainsi que l'explique le dossier.

Je lis ensuite les témoignages de Peter Wund Réfène et d'Annabella Swaizee, avant qu'ils ne se rétractent suite à un accord financier conclu avec Greenworld. Leurs témoignages non assermentés ne possèdent aucune valeur juridique. « L'espace de travail de Greenworld, y explique Peter Wund Réfène, est celui des idées, nous ne tuons personne. Nous nous contentons d'imaginer des stratégies, des situations, et les SMP exécutent. C'est un travail de fiction, scénarisé et dramatisé sous forme de conducteurs comme on en fait pour les séries TV. Nous sommes d'ailleurs rémunérés en droits d'auteur. »

« Très vite, précise Annabella Swaizee, de nombreuses SMP, mais aussi des services secrets, des polices d'État se sont tournés vers nous, notre travail les intéressait pour, je dirais styliser leurs actions violentes. Nous apportons une théâtralisation, une sophistication dans le surgissement de la brutalité. »

« C'est cette partie-là qui intéresse aujourd'hui le plus Kristian, conclut Peter Wund Réfène, il appelle ça la réinvention de l'horreur. C'est pour cela qu'il fait appel à des artistes de l'industrie du cinéma, de la TV ou des jeux vidéo et privilégie les jeunes partenaires. »

Suivent une série de notes indiquant les pays en convulsion où les idées de Greenworld seraient appliquées. Et un descriptif des actions, sévices, techniques préconisés. On y trouve aussi des scénarios envoyés à des SMP et conçus par les membres du think tank. Les scripts sont agrémentés de références visuelles allant de Jérôme Bosch, Rembrandt ou Goya à des images d'accidentés de la route, des captures d'écran de films hollywoodiens ou asiatiques, et des extraits de campagnes publicitaires du secteur de la haute couture, du luxe. Puis, chaque fois, la concrétisation des scénarios du think tank en forme de brutal retour au réel.

Je parcours des images de charniers avec une boule au ventre. Des photos toutes récentes du Sud-Soudan attirent mon attention. Un village à l'aube, des cadavres d'une dizaine d'hommes et de jeunes garçons attachés ensemble, les corps saccagés par les braises. Je reconnais le modus operandi formulé par Kristian Christiansen lors de la séance à laquelle j'ai assisté. Et pour laquelle je conserve la preuve de son implication.

Les notes des enquêteurs de la CPI indiquent qu'après que le village du Sud-Soudan a été rasé, un groupe de grande distribution chinois y a implanté un centre commercial qui emploie aujourd'hui les femmes du village dévasté. Les veuves et les filles du massacre. Je sais qu'elles ont été violées.

L'aube ne s'est pas encore levée, la lumière est douce et les yeux de grand-père fixent le plafond auréolé d'humidité comme si désormais il était là-haut, dans le plâtre étoilé de cette chambre où il est né, perdu parmi ces constellations ocre dont plusieurs générations d'ancêtres ont scruté les astres, guettant la progression des infiltrations, le soir en s'endormant.

Avant que le cœur ne cède tout à fait, grand-père nous a regardés. Il voulait dire quelque chose. Aucun mot n'est sorti. Hier soir, déjà, il avait tenté de me parler mais j'étais obsédée par Kristian Christiansen. Je pensais que grand-père pouvait attendre mais que le monde, lui, n'attendrait pas. Je me suis trompée.

Malgré la présence à ses côtés de ceux qu'il aime, grand-père n'est pas parti en paix. Il nous a scrutés avec une colère, glissant de l'un à l'autre, finissant par moi. Je me suis approchée, il s'est cramponné à mes yeux, je lui ai dit que je l'aimais, que tout se passerait bien et avant qu'il ne rende son ultime souffle, la colère s'est estompée. Une dernière émotion a figé son visage dans la mort, ses yeux au fond des miens. J'y ai lu la déception.

Sur la table de nuit, il y a le carnet où grand-père tient le compte de nos opérations. Posé à l'envers comme un oiseau échoué. Ouvert à la page de notre dernière action. De son écriture fine et appliquée appartenant à une autre époque, grand-père a calculé le montant exact de l'argent volé. À la dernière page, il a intercalé un article de la veille sur des malfaiteurs s'attaquant à des paysans ou à des retraités. On y lit que suite à son agression, le propriétaire d'une scierie du plateau de Millevaches s'est pendu le soir de Noël. Seul dans sa maison. Il a fallu attendre le lendemain pour qu'on le découvre, lorsque son ex-femme est venue déposer leurs enfants dont il avait la garde ce jour-là. Sous la signature du journaliste, grand-père a écrit : Maud, qu'avons-nous fait ?

Le ciel est gris sans que l'on puisse deviner ce qu'il y a derrière. Grand-père rejoint sa femme et ses parents à l'intérieur du caveau familial. Nous sommes le 31 décembre en fin de matinée. Tout autour, dans le cimetière de Sainte-Féréole, s'élèvent les tombes de ses amis d'enfance, mais aussi de femmes qu'il aurait pu épouser ou de familles avec lesquelles la nôtre s'est disputée pour des terres sans grande valeur, des bouts de chemin, des fossés humides, des mots de trop.

Nous avons fait le trajet à pied depuis l'église, marchant au pas derrière le corbillard, observant nos reflets dans la vitre arrière du véhicule, nos silhouettes charbonneuses à papa et à moi. Malgré ce qu'il aura clamé toute sa vie et si rouge qu'ait été son âme, nous avons découvert avec stupeur et avec aussi un sourire que grand-père avait laissé chez le notaire une lettre où il demandait un enterrement religieux, dernier hommage à sa mère qui, écrivait-il, n'avait pas seulement été une jeune résistante courageuse mais aussi une femme pieuse. La petite église n'a pu contenir tout le monde, il a fallu laisser les portes grandes ouvertes et le chant des oiseaux a rejoint les prières dites en latin, une dernière volonté fantaisiste découverte chez le notaire. Ça devait le faire rire d'écrire ça. D'imaginer cette messe en latin. Il a fallu aller chercher un curé à Limoges. Après la cérémonie, sur le parvis, nous avons recueilli des témoignages de sympathie et d'affection. D'admiration aussi.

Les allées du cimetière débordent de vie. Elle rebondit sur les blocs de granit et le marbre noir, elle fait une fanfare de tous les diables, la vie, mais parfaitement silencieuse. Jusqu'au vent en suspens. Le fond de l'air lui aussi se recueille. À moins que ce ne soit moi qui sois trop impressionnée par cette puissance de silence d'une foule. Des gens sont venus de loin pour dire adieu à grand-père. Des anciens camarades d'usine et de luttes syndicales, vieilles dames et vieux messieurs courbés, résistants d'une autre époque avec qui il avait fait le coup de poing et de gueule. Il n'y a aucune grande famille, aucun de ses anciens patrons, aucun homme politique de sa génération. Aucun ennemi ne s'est déplacé, aurait-il dit. Pour la simple et bonne raison qu'ils sont morts. Il les aura tous enterrés.

La famille de maman a fait le voyage depuis la Bretagne. Mamie Solen, papi Jean et des cousines de ma mère. Je crois que mamie Solen est là pour tenter de réparer quelque chose du lien avec sa fille, ce qui s'est brisé entre elles quand mon arrière-grand-père a tranché ma main. Je lui souhaite bien du courage, je crains qu'il ne faille plusieurs autres enterrements pour pacifier leur relation, à commencer par le sien, à mamie Solen. Entre la mère et la fille, le temps n'aura rien guéri, il aura juste été perdu.

Raphaël est là. Ainsi que sa mère Marie, avec ses implants mammaires qu'elle s'est appliquée à aplatir. Je mesure sa poitrine redevenue modeste le temps des obsèques et ce qu'elle doit souffrir de chairs opprimées. En la voyant véritablement émue et si triste pour maman, un doute s'empare de moi, une certitude a vacillé. Et si Marie était vraiment une amie sincère ? Et si je m'étais trompée sur elle ? Et sur tant d'autres choses…

Je remarque les gestes tendres entre mon frère et Raphaël. Il ne sera décidément pas mon amoureux. Personne ne dit rien mais tous les voient, ces gestes entre ces deux garçons, et il faudra s'y habituer. Je n'en suis pas triste. Parmi toutes les chevelures grises, j'ai cru reconnaître celle de Jean-Hugues Drapier à plusieurs reprises. Évidemment je me trompais. Les gens comme lui n'ont rien à faire de gens comme moi. C'est lui qui me l'a dit.

En retrait, sur la petite colline au-dessus du cimetière, une silhouette nous observe, elle a quelque chose de tragique et de sentimental, se calfeutre sous un parapluie que lui tient un individu de haute taille. Sauf qu'il ne pleut pas à cet enterrement, les nuages comme l'air retiennent leurs larmes. Peut-être cette silhouette-là, sous un parapluie qui ne pare aucune pluie, est-elle celle de Kristian Christiansen ? Je ne le saurai pas car la silhouette disparaît promptement. A-t-elle jamais été là ?

Depuis ta mort, grand-père, je suis muette. Personne n'aura entendu le son de ma voix aujourd'hui. Le jour de ton enterrement, tu seras le seul à qui j'aurai parlé. À l'intérieur de moi. On me pose des questions mais je ne réponds pas. On ne m'embête pas longtemps, tu sais... Ma main morte a ce pouvoir-là de faire taire les indélicats. Papa est terriblement triste. Pas seulement parce qu'il t'a perdu, mais aussi parce que le dernier regard que tu as emporté dans la mort, c'était celui d'un homme déçu par les siens, ceux qu'il aimait le plus. Je sais qu'on t'a déçu, grand-père. Je sais qu'on ne rattrape jamais rien. Tu me l'as dit, tu l'avais lu dans un livre italien écrit par un ouvrier, « Un homme comme moi, finalement, un qui ne nous regarde pas de haut », disais-tu, et tu souriais. Ça te plaisait qu'il écrive dans ses livres quelque chose comme « Quand le mal est fait, il est fait et rien ne peut l'effacer. Notre seule tâche est de ne pas le commettre ». C'est toi, c'est lui, qui le disais.

Après ton enterrement nous allons chez nous, chez toi, notre maison de Sainte-Féréole où tu es né, où tu es mort. Il y a beaucoup de monde et c'est un peu comme une fête incroyable avec des très jeunes et des très vieux. On a sorti la gnôle faite par tes parents, et aussi les verres avec les geishas. On la finira ce soir, c'est sûr. Sous l'œil de Jacques Chirac, toujours installé sur la commode. On boit, on rit, on pleure. On écoute Radio Avant et les chansons de ton époque. On est tristes et en même temps on arrive à apprécier ce moment. C'est un peu comme une drôle de fête. Je vois papa lever son verre vers moi, nous trinquons à distance et tu es là entre nous à murmurer que la vie continue.

Finalement je me suis encore trompée, maman et grand-mère se parlent. Peut-être pourront-elles s'aimer plus vite que je le croyais. Elles en sont capables.

Tout le monde parle avec tout le monde ce soir mais moi, je ne parle à personne, à part à toi, grand-père. Je monte dans ma chambre, tu n'as jamais été autant là de toute ma vie, jusque dans ma main, pas la morte mais l'autre, qui appuie sur les touches du clavier de l'ordinateur, celle qui envoie à Jean-Hugues Drapier l'enregistrement sur lequel on entend Kristian Christiansen concevoir un massacre. « La famille, c'est la faille. » La preuve dont a besoin la Cour pénale internationale pour relancer l'enquête. J'appuie sur le bouton envoi, quelles qu'en soient les conséquences. Tu vois, grand-père, tu es mort mais tu es encore là.

Ceux qui le désiraient sont restés avec nous pour la soirée de la Saint-Sylvestre. Finir l'année ensemble. La maison est pleine, on dirait qu'elle rit.

Papa et maman s'activent en cuisine. Maman dirige les opérations, papa exécute, il semble apaisé même si la dernière expression de grand-père a fissuré son âme et l'accompagnera jusqu'au bout. Cette déception d'un père avant de mourir, c'est quelque chose qui ne s'efface pas de la mémoire d'un fils. À tour de rôle, les gens viennent aider mes parents dans la cuisine ou boire à leurs côtés. Ils parlent de grand-père mais aussi de tout et de rien, ils s'écoutent les uns les autres. Alban et Raphaël passent entre les gens avec des plateaux pour offrir du vin, du pâté de sanglier. À un moment, je les ai vus s'embrasser et eux ont vu que je les voyais. On s'est souri tous les trois.

Je m'assois sur le cantou pour regarder les flammes. Elles ne dansent pas, elles naissent, vivent, meurent, disparaissent. Renaissent. Je les observe en pensant à Kristian Christiansen, je me demande s'il savait que je le trahirais. S'il l'espérait. Ai-je été son instrument pour se punir lui-même ? Mes yeux glissent jusqu'aux braises au milieu desquelles surgit le visage d'Angel Jimenez, le petit garçon mexicain, puis ceux des gens qu'on a frappés et volés ces derniers mois, ils sont bientôt rejoints par l'enfant du Biafra, avec ses grands yeux perdus fixant l'objectif dans les livres de grand-père. Ces visages et ces regards forment une famille triste aux corps et aux âmes dévorés par des flammes et des prédateurs. Assise sur mon coffre en bois, celui-là même où mes ancêtres conservaient le sel, je ne sais plus à quelle famille j'appartiens. Les victimes ou les bourreaux.

Maman est venue s'asseoir à côté de moi. Il est minuit. Elle souhaite une bonne année à sa grande, et moi aussi je lui dis « Bonne année, maman ». En sachant qu'il n'en sera rien.

Après les fêtes de fin d'année, nous vivons, ma famille et moi, des jours tranquilles à Santa-Fé. Ni visite, ni téléphone, ni Internet. Nous attendons quelque chose sans savoir exactement quoi tout en le pressentant. Comme si la fin de l'histoire était déjà écrite mais que personne ne l'avait encore lue. Depuis les fenêtres de notre vieille maison, nous observons la neige fondue qui s'épand sur la campagne, l'impression d'une douceur irréelle. Lorsqu'ils s'écrasent sur le sol, les flocons dégelés ressemblent à des étoiles éclatées. Avec Alban, nous recherchons les plus beaux fragments avant qu'ils ne fondent totalement. Parfois nous ouvrons nos bouches en grand, la neige fondue se dépose sur nos langues et on boit le ciel comme avant.

Papa et moi grimpons au faîte du grand chêne, nos mains glissent sur l'écorce glacée mais à aucun moment nous ne perdons l'équilibre. Sur la plus haute branche, on n'accroche pas une étoile mais on démonte l'antenne indienne.

Ce matin, avant l'aube, nous remplissons le coffre des armes et des accessoires utilisés pour nos opérations. Ainsi que de notre butin, l'or et l'argent que nous devions déposer dans le coffre norvégien. Nous partons tous ensemble dans les bois de Haute-Corrèze, là où grand-père nous emmenait chercher les champignons. Il connaissait les combes où la mousse abrite des cèpes épais et nègres, des fossés noirs de trompettes-de-la-mort et des rivières que traversent les lueurs orangées des girolles. Pour y parvenir, il fallait marcher longtemps et ramper entre les fougères sous les branches des sapins. Les gouttes de rosée glissaient dans notre cou, c'était un frisson de vie et de joie, un bout de ciel glacé sur nos peaux toutes neuves, la sensation devenait émotion. Je la ressens encore rien qu'à y penser. C'est là que papa nous emmène. Les armes, l'or et l'argent dans nos sacs à dos.

Arbres sentinelles, chemins effacés et collines enténébrées semblent identiques. Pas pour papa qui s'oriente d'instinct, et lorsque nous sommes au cœur de la forêt, quelque chose en moi reconnaît ces endroits où grand-père nous laissait marcher devant, nous les enfants, pour découvrir par nous-mêmes les champignons, parfois par dizaines. C'était un émerveillement et il nous donnait confiance en nous. C'est ici que nous enterrons l'or et l'argent.

— La prochaine fois, dit papa, ce sera à vous de retrouver le chemin.

Il a neigé toute la nuit, au petit matin la blancheur qui enserre notre maison me rappelle celle de la villa de Kristian Christiansen. Il n'existe plus à Santa-Fé aucune preuve de nos méfaits, mais ni cette clarté ni nos précautions pour tout faire disparaître ne suffisent à dissimuler ce dont nous sommes coupables.

Papa et maman sont encore au lit, la pierre et le bois relaient le bruit des corps, les mouvements, les respirations. Alban et moi sortons en claquant la porte pour que nos parents sachent que nous ne sommes plus à l'intérieur et que la maison est à eux. On rit de notre malice et on saute dans la poudreuse. On s'éloigne, traversant le grand champ où la neige toute fraîche est une seconde peau étincelante. Moi devant. Lui à mettre ses pas dans les miens. On dirait qu'il n'y a qu'une seule personne à marcher dans cette étendue vierge. Alban rigole de nos traces communes, il m'envoie une boule de neige. Je ne réplique pas. Je suis penchée vers le sol où un sillon frôle le nôtre, comme s'effleurent entre elles les lignes de la main, ces trajectoires infinies qui se côtoient sans jamais se croiser. D'autres traces de pas. Les crampons d'une netteté parfaite évoquent des chaussures militaires. Alban et moi nous retournons vers la maison qu'encerclent une trentaine de silhouettes lentes et coordonnées. La neige fondue s'est remise à tomber, posant un voile de silence sur l'assaut. Nous observons au loin les silhouettes armées qui s'introduisent chez nous. J'apprendrai plus tard que papa et maman faisaient l'amour quand ils sont entrés dans la chambre. Que même surprise, même nue, maman a d'abord eu le dessus, envoyant trois hommes de la brigade d'intervention au tapis. Dont un de ses anciens camarades de cour de récréation.

La détonation qui s'échappe de la maison est absorbée par la neige fondue, les flocons gros et lourds font perdre toute netteté au paysage. Alban m'indique des silhouettes plantées dans la neige jusqu'aux cuisses, agitant leurs bras vers nous, hurlant des ordres avalés par la distance. Sans un signe d'adieu, Alban s'enfuit droit devant, là où le monde n'est plus qu'un rideau troué. Je le regarde s'éloigner, je reconnais sa foulée de marathonien, cette manière qu'il a de tirer sur les bras pour rattraper celui devant. Cette fois, devant il n'y a rien qu'un mur blanc allant s'épaississant. Alban devient de plus en plus petit, on dirait qu'il ne court plus, il vole, rapetisse jusqu'à concentrer l'univers tout entier. Les flics arrivent à mon niveau en vociférant des ordres absurdes que je préfère ignorer. Des choses risibles du genre « Les mains sur la tête ». Je choisis de m'asseoir dans la neige. Des flics m'entourent avec des fusils à pompe, les moins épuisés s'élancent à la poursuite d'Alban. Aucun d'eux n'a la foulée de mon frère.

C'est lui qui est devant cette fois, et comme avant sur la piste d'athlétisme je l'encourage au fond de moi, et il me semble entendre papa : « Allez, Alban, on est bons, on tient ! On lâche pas ! On lâche rien ! On s'arrache, putain ! On s'arrache ! »

Je ne regarde pas l'uniforme qui m'interroge mais le poster de cinéma épinglé derrière lui. On y voit des filles, culs et seins plastifiés, des Porsche rugissantes et des palmiers que dominent les silhouettes de deux flics avec des flingues chromés et des lunettes de soleil. Bad Boys for Life. Il m'est toujours apparu étrange que l'on décide de devenir policier. Le poster des Bad Boys est un élément de réponse, les flics sont eux aussi de pauvres gars qui se font baiser comme tout le monde, et quand ils sont dans leur commissariat défraîchi, à interroger des mineurs méprisants et à conduire des Renault aux sièges défoncés, il est déjà trop tard. A priori, les Bad Boys n'ont pas grand-chose à voir avec ceux accrochés au-dessus de mon lit. Pourtant Einstein, Pedro Alonso Lopéz, Kristian Christiansen promettaient eux aussi un ailleurs, un passage vers quelque chose de différent, de plus grand. Mais lorsqu'on déchire le poster, derrière il n'y a rien d'autre qu'un mur aussi infranchissable que les autres. J'y ai cru comme tout le monde, au coup du poster, à ses promesses-mensonges, et lorsque je suis arrivée dans ce commissariat où j'avais rencontré

Jean-Hugues Drapier, j'ai exigé de l'appeler, lui le grand juge de la CPI, mon ami M. Drapier. Je lui avais fourni des preuves pour agir contre Kristian Christiansen. En retour de quoi le directeur de Greenworld a révélé ce que je lui avais confié de nos méfaits, nous dénonçant à la police française. Je ne suis pas étonnée car c'était un marché tacite entre Kristian Christiansen et moi. L'absence de riposte m'aurait surprise. Le téléphone portable de Jean-Hugues Drapier est sur répondeur. Je me rappelle les paroles du juge de la CPI : « Les gens comme moi ne répondent jamais aux gens comme vous. À moins d'avoir une bonne raison de le faire. » Jean-Hugues Drapier n'a manifestement plus aucune bonne raison de me parler.

Papa et maman sont à l'hôpital, leur interpellation a été violente, provoquant de nombreuses fractures dans les rangs des forces de l'ordre. Les coups les plus brutaux ont été portés par ma mère. Certains sont soignés dans des chambres concomitantes à celles de mes parents.

Aucune preuve ne subsiste à Santa-Fé de nos méfaits. Dans les bureaux voisins, j'aperçois des enquêteurs de la brigade financière descendus de la capitale. Ils épluchent les comptes de toute la famille. Ici et à l'étranger. À Oslo, le compte bancaire n'indique aucun mouvement de fonds à part le virement de Greenworld justifiant à lui seul la création du compte. Les enquêteurs n'ont pas découvert l'or et l'argent qui dorment dans les coffres de sociétés privées norvégiennes hors du système bancaire et garantissant l'anonymat de leurs clients ainsi que la nature des dépôts. Il y a un peu trop d'argent sur le compte de grand-père, provenant de ses opérations de blanchiment, mais les sommes demeurent raisonnables et grand-père a été prudent, intraçable.

On m'interroge sur les comptes, sur l'argent, sur nos déplacements, on mentionne les noms de nos victimes et je ne prononce pas un mot. Dans une salle adjacente se trouve Alban, qui a lui aussi fini par se heurter à un mur blanc après une cavale de plusieurs dizaines de kilomètres dans la campagne corrézienne, et par se faire capturer. Pour aller plus vite que lui, il aura fallu les moteurs à explosion des véhicules de la police et de la gendarmerie, des chiens, des hommes et des femmes en uniforme par dizaines. Et un hélicoptère. Alban reste muet. Ce dont nous étions convenus entre nous en cas d'arrestation.

Après plusieurs heures de garde à vue et de silence, un nouveau flic entre pour m'interroger. Il ressemble à un ancien étudiant de commerce ou de management qui avec les années aurait pris du ventre, perdu des cheveux. Il pose devant lui un ordinateur portable, ouvre des dossiers et les haut-parleurs relaient une voix de jeune fille. La mienne, enregistrée chez Kristian Christiansen, détaillant nos opérations, le vol de l'or, nos premières victimes.

— J'ai menti, je voulais impressionner M. Christiansen. J'avais tout lu dans la presse. Il me demandait un secret. Quelque chose qui me compromette. Je me suis rappelé ces affaires. Les médias en ont beaucoup parlé.

— C'est ce que j'ai pensé, répond l'enquêteur après un long silence, car nous n'avons rien trouvé chez vous ni dans vos comptes bancaires qui corroborent ces faits.

Je ne montre rien de mon soulagement.

— Et puis on est tombés sur…

Le flic en civil fait glisser un objet métallique sur le plateau en Formica qui nous sépare. Je me penche sur une médaille en argent. On y voit un soldat de la Première Guerre mondiale. Une inscription, Debout les morts ! 8 avril 1915.

— Le grand-père de la première victime, Jean-Pierre Maillard, poursuit le flic en civil, faisait partie des héros qui se sont battus dans la tranchée de la Soif, secteur du Bois-Brûlé. En Lorraine. Jean-Pierre Maillard a supplié ses agresseurs de lui laisser la médaille du courage de son grand-père. Il leur a dit qu'ils pouvaient prendre tout le reste mais pas ça.

Je fixe la médaille, aussi immobile que la figure qui y est gravée, celle de l'adjudant Jacques Péricard, le héros de la bataille.

— Nous l'avons trouvée dans une enveloppe avec l'adresse de M. Maillard. Il ne manquait plus que le timbre. Cette enveloppe était dans le blouson de votre père.

Après la découverte de la médaille, nos parents ont répondu à toutes les questions des flics dans leurs chambres d'hôpital, prenant sur eux l'entière responsabilité des vols à main armée. Incriminant aussi grand-père dont ils affirmaient que lui seul connaissait l'endroit où était dissimulé le butin. Personne ne les a crus mais ils ont tenu bon. Leurs deux témoignages parfaitement concordants nous disculpent Alban et moi de toute autre chose que d'avoir été in fine au courant d'une partie de leurs agissements. Et de nous être tus pour protéger nos parents.

Plus tard, en consultant le dossier, j'ai réalisé que papa et maman avaient depuis longtemps prévu d'agir ainsi au cas où nous serions arrêtés. Ils avaient tout planifié et répété ensemble. Et ils ont mis l'argent à l'abri. Pour nous.

À la suite d'un procès à vocation exemplaire, mes parents ont écopé de lourdes peines. Quinze ans de prison ferme pour papa. Dix pour maman. Leur refus de collaboration pour retrouver l'argent volé a considérablement aggravé leur condamnation. Jusqu'au bout ils ont refusé tout accord de réduction de peine en échange du butin. Par l'intermédiaire de leurs avocats, ils nous ont ordonné de ne rien dire. « Faites ça pour nous », c'étaient leurs paroles. Malgré les soupçons, mon frère et moi sommes lavés de toute accusation de complicité.

Jean-Hugues Drapier n'a jamais répondu à aucun de mes mails ni à aucun de mes appels téléphoniques, et ma voix et mes mots se sont fondus dans le silence des flux numériques. J'ai découvert que la CPI avait clôturé son enquête sur Kristian Christiansen. Sur le site de la prestigieuse Cour internationale, j'ai pu voir une photo de Jean-Hugues Drapier et Kristian Christiansen. Ensemble. Il était indiqué que le directeur du think tank Greenworld collaborait désormais avec la CPI sur plusieurs dossiers destinés à mettre en examen des chefs de groupes armés africains suspectés de crimes contre l'humanité. Suite à mon envoi de l'enregistrement, des accords avaient manifestement été passés entre la CPI et le think tank et je n'y avais plus ma place.

La dernière fois que ma famille et moi nous sommes retrouvés tous ensemble, sans avoir l'autorisation de nous toucher et dans une salle semblable à celle où nous étions allés voir papa à la prison d'Uzerche, aucun mot n'a été échangé hormis de simples « Ça va, oui, ça va ». Tout ce qui devait être dit l'avait déjà été. La vérité sur ma main morte, les silences, nos échecs. Ce jour-là, nous n'avions plus rien à nous reprocher. Ni à nous pardonner. Tout est soldé entre nous, sauf l'amour qui nous liera toujours quand bien même on ne se reverrait jamais. Avant de disparaître derrière les grilles, papa m'a lancé un signe, un petit hochement de tête pour me dire « Ne t'inquiète pas, ma grande. Désormais je suis prêt à affronter ce que je dois affronter ». Maman, elle, n'a pas éprouvé le besoin de nous signifier quoi que ce soit avant de retourner dans sa cellule. On s'est regardés, c'est tout. Elle sait que nous savons qu'elle est forte et qu'elle s'en sortira quoi qu'il advienne.

Alban et moi sommes partis vivre en Bretagne où mamie Solen et papi Jean, la famille du côté de maman, nous accueillaient. Nous y avons fini nos terminales. Brillamment pour Alban qui a obtenu son bac avec mention très bien et est admis en classe préparatoire à l'École normale supérieure. Il partira à la rentrée pour Paris où le rejoindra Raphaël. Mon frère lui a avoué que nous étions responsables du chantage à la vidéo sexuelle. Leur lien y a survécu et j'en suis heureuse.

J'ai obtenu le bac de justesse, un zéro pointé en philosophie pour propos intolérables a terni ma moyenne. Personne ne sait encore ce que je ferai l'an prochain. Pas même moi.

Pour l'instant je plonge. En apnée. Pêcher les palourdes en profondeur à l'aide de ma seule main comme le faisait il y a un siècle mon ancêtre Alban Morgan me permet de mieux respirer. Ma peau nue et le froid de l'océan.

À sombrer tout le jour le long des rochers, un soir je ne suis pas rentrée chez mamie Solen. On m'a recherchée, on a averti la police, on a informé mes parents en prison, on a surtout fait surveiller les environs de notre maison à Santa-Fé pour le cas où je reviendrais chercher le butin caché quelque part. Et puis on m'a oubliée.

Je suis de retour dans les bois de Haute-Corrèze pour la dernière fois de ma vie. C'est l'hiver. Je ne serais pas certaine de reconnaître le chemin à une autre saison. Je retrouve la même humidité que celle éprouvée dans mon enfance, cette odeur de forêt vivante faite d'humus, de pourrissement et aussi d'une renaissance déjà à l'œuvre mais loin, loin sous la terre. À la même profondeur que celle où je pêchais les palourdes. Les effluves des résineux me guident jusqu'au butin enfoui, la combe perdue et ses sapins gardiens. Je leur fais mes adieux. Eux et moi savons que nous ne nous reverrons jamais. La vie est faite de rencontres, elle n'est même que cela.

Sac au dos, je traverse l'Europe dans des cabines de routier aux parois recouvertes de filles à poil dépourvues du moindre poil. En compagnie de chauffeurs de poids lourds souvent d'Europe de l'Est et bien mal placés pour refuser à leur patron de conduire parfois vingt heures par jour. Je leur fais la conversation pour qu'ils ne s'endorment pas. Même s'il faut repousser des avances indélicates, je ne me sens jamais en danger avec eux comme je l'avais été entre les murs blancs de Kristian Christiansen. Les routiers et moi, nous racontons nos vies. Sans mentir. Sans rien dissimuler, à l'exception de l'argent et de l'or dont sont remplis mes deux sacs à dos. Je découvre qu'il existe des individus auxquels je peux tout dire. Ou presque. Un de ces routiers est un ancien contractor estonien qui a travaillé pour des sociétés militaires privées russes qui sécurisent les pipelines en Géorgie et recherchent des hommes, ou des femmes peu importe, pour travailler jusqu'en Sibérie.

— Pour surveiller le pétrole. J'ai suivi un stage de formation. Ils m'ont appris à me battre, à utiliser une arme, ils ont fait de moi un guerrier, un sauvage. On ne naît pas sauvage, on le devient, me dit le chauffeur estonien. Si tu veux disparaître, apprendre à te battre et à tuer, rencontrer des gens si différents les uns des autres que ça ne s'imagine pas une chose pareille, et travailler quand même ensemble, moi je peux t'aider. Je peux te donner un contact car quelque chose me dit que tu seras une bonne combattante. Une gamine guerrière sauvage !

À mon arrivée à Oslo, je dépose l'argent dans le coffre où nous avons mis l'or. Avec l'incarcération de nos parents, la mort de grand-père, Alban et moi sommes les deux seuls à pouvoir accéder à ce coffre.

Le soir, je dîne seule chez Fukasaku où je croise la présidente de Norvège. Des gardes du corps l'entourent et je me fais la réflexion que si j'avais été armée, entraînée, j'aurais peut-être pu la tuer. Et alors ?

En sortant, je ne vais pas boire dans des bars branchés bondés de jeunesse et d'argent mais je prends un taxi, je lui demande de m'emmener chez Kristian Christiansen. Je connais l'adresse. Le chauffeur me dépose devant les grilles de la voie privée qui mène à la maison blanche du patron de Greenworld. Je reste là quelques minutes à peine mais c'est suffisant pour me rendre compte que si j'escaladais, je serais stoppée immédiatement. Les caméras qui m'ont déjà repérée orientent leurs yeux numériques vers moi. Un gardien approche derrière les grilles et je m'éloigne.

Je reviendrai lorsque je serai prête.

Je regagne le centre-ville à pied, faisant de longs détours au hasard des rues, traversant de nuit des jardins publics et d'autres privés, tous déserts, longeant des piscines vides.

Les épaules labourées des courroies de mes sacs pleins d'or et d'argent, je contacte l'homme dont le chauffeur m'a confié les coordonnées. Il me répond. Il me dit que « oui, il y a du travail dans la sécurité militaire privée, oui on te formera, non, être une femme n'est pas un problème ». L'homme me donne rendez-vous trois jours plus tard dans le port de Stockholm. J'y embarquerai pour la Russie dans un cargo baptisé *Fierté*.

Je continue de marcher sans jamais m'arrêter, je n'emprunte pas les rues toutes faites qui ordonnent où aller mais j'avance tout droit, j'escalade des grilles, je déclenche quelques détecteurs de mouvement, des lumières, des alarmes. Je les entends décliner au fur et à mesure que je m'éloigne, elles s'éteindront tôt ou tard. Je pense à la Cour pénale internationale à qui je suis devenue inutile, au palais royal d'Oslo que j'ai étonné l'espace d'une matinée, à Kristian Christiansen que j'ai un temps distrait de lui-même. Je pense aux poissons de nuit auxquels il aura fallu des siècles pour advenir car aucun véritable raccourci n'existe nulle part.

Je pense enfin à la terre de la Reine-Maud, ce kilomètre carré de glace sur lequel je ne régnerai pas, il fondra sans moi. Mais peut-être avant je serai allée là-bas.

Remerciements

Merci à mes grand-parents, Odette, Raymonde, Jean et Bernard, la famille de Maud leur doit beaucoup. Merci à Monique Watremez, si présente de films en livres, et à Laurent Cherrière qui m'a fait découvrir les terres de la Reine-Maud.

Merci à Antoine Hammel pour ses conseils en sécurité informatique, à Moktar Gaouad à qui j'ai dérobé quelques proverbes. À Cristal Cherrière, source d'inspiration éternelle et à Isabelle Desesquelles, la vraie, la seule Gamine Guerrière Sauvage.

MIXTE
Papier issu de sources responsables
FSC® C003309

L'éditeur de cet ouvrage s'engage
pour la préservation de l'environnement
et utilise du papier issu de forêts gérées
de manière responsable.

CET OUVRAGE
A ÉTÉ ACHEVÉ D'IMPRIMER
SUR ROTO-PAGE
PAR L'IMPRIMERIE FLOCH
À MAYENNE EN FÉVRIER 2021

N° d'impression : 97863
Imprimé en France